JOURNAL
D'UNE
AMOUREUSE
PAR
Maurecy
E. BERNARD & Cie, PARIS

[illegible]

Petite Collection E. BERNARD

N° 16

Journal d'une Amoureuse

Par Louis Maurecy.

PARIS

E. BERNARD ET Cie, IMPRIMEURS-ÉDITEURS

29, Quai des Grands-Augustins, 29

Journal d'une Amoureuse

30 octobre 1894

Au crépuscule de ce jour triste d'automne — image de ma vie désormais, je suis allée frapper à la porte de ma meilleure amie d'autrefois : — Thérèse Régnier.

Au pied du Sacré-Cœur, rue Sainte-Marie, elle occupe là un petit appartement modeste, que son goût a fait confortable, et qu'elle partage avec son frère, Jacques, un artiste dont le talent attirera certainement un jour l'attention du grand public.

Nous ne nous étions pas vues depuis six années. Presqu'au sortir du couvent, qui avait fait de nous deux amies, nous avions été séparées. Elle avait perdu, à une année de distance, son père, puis sa mère. Elle restait seule, sans fortune, avec un frère dont la jeunesse ne pouvait lui être d'aucun appui.

Fuyant Rouen, la ville natale où elle avait vécu ses jours insoucieux d'enfance, attirée par le mirage de ce Paris qui semble le Magicien qui rendra fortune et bonheur, elle était venue dans la Capitale pour y chercher un travail lui permettant de vivre et d'aider son frère à finir ses études.

Rarement depuis, une ou deux fois par an seulement, j'avais eu de ses nouvelles ; nouvelles très laconiques, presque décevantes pour notre amitié, mais qui n'avaient pu ébranler ma foi en la tendresse de celle que je considérais, malgré tout, comme ma meilleure amie.

Aussi était-ce en toute confiance que tantôt j'allais faire appel à l'affection d'autrefois. Je ne l'avais pas prévenue de ma visite, mais le malheur me conduisait vers elle; je savais que je serais bien accueillie.

A la jeune bonne, qui vint m'ouvrir, je demandai si Mlle Régnier était chez elle.

Et après sa réponse affirmative, j'ajoutai :

— Laissez-moi entrer. Ne la prévenez pas. Ma visite lui sera une surprise heureuse.

La petite m'obéit sans difficulté.

— Mademoiselle est sur le balcon, dans sa chambre. Entrez par ici, Madame.

Elle entr'ouvrit une porte, et de l'obscurité de la pièce où je pénétrai, j'aperçus sur le balcon à demi-éclairé par un dernier reflet du jour mourant, une jeune femme accoudée en une pose de languissante mélancolie.

De ce jour d'automne triste et brumeux, elle semblait être l'incarnation. Ses cheveux blonds, ses yeux d'azur rappelaient encore le printemps de sa belle jeunesse, mais l'expression grave des lèvres, la pâleur répandue comme un voile sur les roses de son visage, révélaient la douleur, présageaient l'automne.

Pauvre Thérèse !

— Doucement, je me glissai derrière elle, j'enlaçai sa taille comme aux beaux jours de mon enfance et je murmurai en l'embrassant.

— Thérèse, c'est moi Anita Derville.

Elle tressaillit à peine. Ses yeux, maintenant du bleu froid des ciels d'hiver, quittèrent l'azur pour se fixer sur moi.

— Toi, Anita ici ? Quel bon vent t'amène ?

— Celui du malheur, mon amie.

— Pauvre petite !... et elle ajouta tout bas, comme se parlant à elle-même.

— Toi aussi !...

Puis, elle m'étreignit, et je sentis que sous cette enveloppe glacée, battait toujours pour moi ce cœur en qui j'avais mis toute ma confiance.

Quand nous fûmes assises côte à côte dans le petit salon éclairé, je regardai Thérèse. En cette jeune femme à l'air grave, je ne reconnaissais plus mon amie. Ces traits charmants avaient la rigidité du marbre. Il semblait qu'en ce corps jeune, l'âme fût morte.

Nous causâmes. — Nous avions, ou plutôt j'avais tant à lui dire !

Mes vêtements de deuil lui révélèrent une grande partie de la vérité. En peu de mots, la voix brisée par les sanglots, je lui dis la ruine où le jeu avait entraîné mon père, son désespoir devant cette catastrophe, et le manque de courage qui l'avait conduit à se tuer, oubliant celles qu'il abandonnait aux rigueurs d'une vie qu'elles ne connaissaient pas, en face d'une ennemie aussi implacable que la Misère.

Thérèse écoutait presque impassible. A mes larmes ses larmes ne répondaient point. Il semble que ses yeux ne savent plus pleurer... peut-être parce qu'ils n'ont plus de larmes !

— Et qu'espères-tu ? me dit-elle enfin.

— Travailler, me trouver une situation qui me permette de vivre.

— Vous êtes complètement ruinées ?

— Ma mère a 1.500 francs de rentes ; c'est tout. Ce n'est pas avec cela que nous pourrons vivre toutes les deux.

— Ce serait difficile ; mais pourquoi es-tu venue à Paris ?

— Parce qu'ici plus qu'ailleurs, j'espère trouver du travail. Là-bas à Rouen, il m'eût été trop pénible de rendre le monde témoin de mon humiliation. J'ai du courage, je gagnerai ma vie.

— Tu crois, que cela suffit ! Dans ta confiance, tu t'imagines que le Malheur qui t'a conduite ici sera bon guide ? Pauvre enfant ! Il ne se trompe pas de sentier, va ; il connaît sa route : — la souffrance ; et son but : le précipice où sombre le meilleur de nous. — Ne sais-tu donc pas qu'à Paris, moins que partout ailleurs, la femme gagne le pain nécessaire à sa vie ? Le travail n'est qu'un paravent qui dérobe, aux yeux de la famille et du monde, bien des misères, bien des vilenies que tu n'apprendras que trop vite, hélas ! Pauvre Anita, je ne veux pas abattre ton courage ; tu en as trop besoin ; mais, à Paris, la femme forcée de gagner sa vie est bien à plaindre !

Ces paroles m'ôtèrent toute espérance.

Des larmes montèrent à mes yeux. Je saisis les mains froides de mon amie, j'essayai de leur communiquer un peu de la fièvre qui rendait les miennes brûlantes.

— Thérèse, comme tu me parles sévèrement ! Ne sais-tu donc pas que je n'ai d'autres ressources ! qu'il me faut tout mon courage pour accepter un avenir si différent de mon passé, que j'ai besoin qu'un rayon d'espoir vienne éclairer ma route pour ne point m'arrêter lasse, et comme mon père me coucher pour ne plus me relever.

Elle m'attira à elle, avec le geste protecteur d'autrefois, quant, au couvent, de cinq années plus âgée que moi, elle était « ma petite mère ».

— Anita, tu me trouves dure parce que je cherche à te défendre contre un malheur que tu ne peux prévoir, car tu ne le connais pas. Il est caché, dissimulé, voilé, par les plus jolies choses ; il est partout dans ce Paris et l'air que l'on y respire est un air corrompu plus encore pour l'âme que pour le corps. Avec ta conscience droite et ton courage d'honnête fille, tu te crois très forte. Pauvre enfant, n'entreprends pas une lutte, dont la victoire est marquée d'avance...

J'eus un geste de fierté.

— Thérèse, je ne suis plus une enfant. Tu oublies que nos années de couvent sont loin et que, depuis, la vie m'a appris assez de ses réalités pour que je comprenne tes paroles. Tu ne sembles pas te douter du mal qu'elles me font. A tes craintes, je réponds par ce seul mot : « Jamais! » et je le prends comme devise.

— Je veux le croire.

Je me hasardai :

— D'ailleurs toi, n'as-tu pas pris même résolution autrefois ?

— Oui, mais je sais de quel prix je l'ai payée. Le Malheur m'a vêtue d'un deuil éternel.

J'allai risquer une interrogation; mais elle secoua la tête et reprit.

— Puisque tu es décidée à demeurer ici et à travailler, nous t'aiderons de tout notre pouvoir à trouver une situation. Qu'espères-tu faire ?

— Je ne sais. J'ai de l'instruction, je puis donner des leçons, tenir une caisse, entrer dans une banque.

— Oui, nous tâcherons de te trouver cela, mais ce sera difficile. Et Madame Derville ?

— Elle m'attend à l'hôtel où nous sommes descendues. Mais elle est anéantie ; incapable de prendre une décision, elle ne sait que gémir et m'accabler de ses regrets.

— Elle ne te sera d'aucun appui. Il te faudra du courage pour deux. La première chose que tu as à faire, c'est de louer un modeste logement. Rapproche-toi de moi, le plus possible, tu sentiras moins ton isolement. Vous aviez des relations à Paris autrefois ; c'est le moment de t'en souvenir et de demander un appui à tes amis des jours meilleurs.

J'eus un geste de doute.

Très peu répondront à mon appel et un très petit nombre de portes s'ouvriront devant mes larmes et mon deuil.

— Tu as raison et le malheur t'a déjà appris que trop souvent l'Amitié est un leurre. Il y a près d'ici, une de mes tantes que tu ne connais pas, Madame Vermont, qui pourra peut-être t'être utile. Elle a beaucoup de relations. Ce n'est pas un milieu bien sérieux, beaucoup de luxe et de légèreté y règnent, mais je compte sur la fermeté de ton caractère.

Je te présenterai prochainement. Tu seras reçue dès le premier jour, comme une ancienne et très sincère amie, et les sentiments que l'on te témoignera n'auront aucune fausseté. Seulement ne cherche pas leurs racines ; ils n'en ont pas. C'est un vent d'enthousiasme qui passe, mais qui peut parfois répandre un peu de bien. J'espère que tu seras assez heureuse pour le récolter.

Tout cela était dit du même ton froid qui m'avait glacée tout d'abord. — Comme Thérèse est changée !

Je me risquai à l'interroger :

— Et toi, mon amie, qu'es-tu devenue depuis cinq ans que tu es ici ?

— J'ai souffert.

— Sais-tu que je ne te reconnais plus. Qu'as-tu fait de ton sourire ? Tu es toujours belle, mais tu sembles glacée.

— Et je le suis aussi. J'accepte la vie, tout en ne vivant pas.

— Le bonheur reviendra.

— Il ne peut revenir.

Une interrogation me venait aux lèvres, mais je me tus devant l'air froid de mon amie.

— Et ton frère ?

— Jacques travaille toujours. Il a entrepris une carrière bien difficile, car de nos jours le talent n'est rien, la fortune est tout. Cependant il a déjà acquis un certain renom, et cela nous permet de vivre tranquilles.

— Il est bon pour toi ?

— Il est homme, c'est-à-dire égoïste. Lui aussi a respiré l'air de Paris ! Momentanément il est à Fontainebleau à faire quelques études de paysages d'automne ; mais il reviendra dans quelques jours.

Tu le verras alors. — Veux-tu visiter son atelier ?

Elle prit la lampe et m'introduisit dans une grande pièce, éclairée par une baie vitrée, dont un large divan et quelques draperies de peluche de soie vert pâle étaient, avec les toiles et les pinceaux, tout l'ameublement.

De suite, mon attention fut attirée par un portrait : celui de Thérèse, mais de ma Thérèse d'autrefois, avec ses cheveux de lumière, ses yeux d'étoile et son sourire qui entr'ouvrait ses lèvres comme une fleur de pourpre s'entr'ouvre aux rayons du soleil.

Il a du talent, ce Jacques, pour avoir su, si bien fixer sur la toile l'image de cette Thérèse du temps passé, radieuse comme le printemps ; aujourd'hui triste comme l'automne.

Près d'elle, un autre portrait : Celui d'un homme jeune, dont, la chevelure noire, les yeux sombres, l'expression à la fois dédaigneuse et railleuse font contraste avec la douceur de l'autre portrait.

C'est le petit Jacques d'autrefois, ce gamin avec lequel je jouais les jours de vacance : l'artiste de maintenant.

Sur le chevalet, une toile reposait inachevée.

Elle représentait une femme brune, au visage énergique et beau, au corps sculptural sous la robe grecque qui le vêtait. Avec un rayonnement de foi ardente, elle brisait les fers d'un malheureux enchaîné à ses pieds.

— Comme cette femme est belle ! m'écriai-je.

— C'est Marcia, le modèle de Jacques, une femme

dont il est fort épris... Dans ce tableau, elle incarne *la Liberté*.

J'ai rougi à ses paroles. Pourquoi? Cette femme doit être la maîtresse de Jacques. Il m'a semblé étrange que Thérèse soit et me mette dans cette confidence.

Je ne suis encore qu'une timide provinciale m'effarouchant aux mots d'amour et rougissant devant une beauté sans voiles.

... Quelques instants plus tard, je quittais Thérèse ne pouvant satisfaire son désir de me garder à dîner puisque ma mère m'attendait.

... Ce soir, enfermée dans ma chambre, pendant que ma mère est à l'église, j'ai le cœur tellement serré, que j'écris ces lignes, ayant besoin de me confier à n'importe qui, à n'importe quoi, aux objets qui m'entourent et qui me sont étrangers, à ce papier qui, indiscret ami, laissera peut être échapper les secrets que je lui donne à garder.

Paris de mes espoirs et de mes rêves, tu m'effraies.

Quelles sinistres prédictions m'a-t-on fait à ton seuil?

1er novembre

Qu'il est sombre, le jour des Morts !
Jusqu'au plus profond des ténèbres,
Les cloches de leurs glas funèbres,
Font vibrer les accords;

Et sous le tertre, et sous la pierre,
Dont se recouvrent les tombeaux,
Tressaillir la froide poussière,
Au sein de l'éternel repos.

. . . .

Ainsi, avec le poète, je chante. Les cloches bercent ma mélancolie, la nuit dérobe mes larmes. — Je pleure ceux que j'ai aimés et qui ne sont plus... Je pense à la séparation douloureuse qu'a été leur mort, à la réunion joyeuse que serait la mienne...

Mon père, emmène-moi !

*
* *

10 novembre.

Les jours passent, faisant naître entre Paris et moi une plus grande intimité. J'ai revu Thérèse, son dévouement est sans bornes, mais sa froideur inaltérable. Et moi qui ai tant besoin de me réchauffer l'âme à quelque foyer de tendresse !

Je suis jeune, et n'ai pas une affection, personne qui me serre dans ses bras, puise dans mon cœur et me donne du sien cette chose indéfinissable aussi nécessaire à l'âme que le pain l'est au corps : la tendresse.

Ma mère est une pauvre femme que le malheur a brisée, comme la tempête brise le frêle esquif. Sans volonté, mais renfermée dans son égoïsme, elle pleure son malheur, sans songer au mien.

Elle ne m'accompagne dans aucune visite, ne fait avec moi aucune démarche. Gémir et pleurer c'est là toute sa vie. Le même sang coule dans nos veines, nous sommes même chair ; liens physiques, mais non moraux. Et je me demande comment dans ce corps formé d'elle a pu naître une âme si différente de la sienne.

Tout ce que j'aime, tout ce qui passionne mon esprit et me paraît beau, révolte le sien ou lui est indifférent. La témérité de mes pensées l'effraie et ce que ma raison me montre comme le Bien, lui semble le Mal. Elle raisonne suivant la morale étroite et souvent si fausse, de l'Eglise et du Monde. Mon cœur n'est pas compris d'elle et je suis forcée de le lui dérober.

De mon père, je suis plutôt l'image. J'en ai la conscience droite et l'âme tourmentée. Ses pensées répondaient aux miennes, et son esprit guidait mon âme dans ses ascensions vers l'idéal. Pour lui, les jugements rendus par le Monde et la Religion étaient discutables, et en dehors de ces lois, le Bien pouvait exister.

Pourquoi a-t-il manqué de courage ? Pourquoi ne s'est-il pas souvenu de ceux qu'il laissait derrière lui ? n'a-t-il pas songé que si la mort le délivrait des tourments qu'il endurait, il en léguait la lourde charge à ceux qui survivaient ?

Mon père, pourquoi l'image de ta fille n'a-t-elle pu combattre l'image de la mort ? Dans mes bras, n'aurais-tu pas trouvé mieux que l'oubli des maux dont tu souffrais, le courage qui les aurait guéris ? Si comme tu le croyais, tout n'a pas péri en toi, si ton esprit voit mes larmes, viens me consoler, m'aider dans ma tâche. Répare ton abandon, en venant près de moi, ce soir, me donner le courage qui t'a manqué et la tendresse dont tu m'as sevrée.

17 novembre.

M. et Mme Vermont, des artistes. L'un blond, l'autre brune, tous les deux dans la maturité de l'été. Lui, est grand flirteur et grand parleur ; les conquêtes autrefois ont dû lui être faciles et maintenant encore ne sont pas difficiles. D'ailleurs, il essaye sur toutes les femmes, l'effet de ses yeux bleus, de sa taille haute et svelte, de ses causeries où jamais l'esprit ne manque.

A la longue, on s'aperçoit, paraît-il, qu'il se répète trop souvent, et s'écoute trop complaisamment ; mais au jour le jour, il est spirituel.

Mme Vermont, est une femme charmante : sa peau éblouissante, la splendeur de ses formes et l'éclat de ses yeux la font classer parmi les plus jolies.

Musicienne consommée, écrivain distingué, elle attire et garde près d'elle une élite d'hommes de talent et d'esprit, de femmes intelligentes et jolies.

Madame l'Exagération, ainsi la surnomme Thérèse la Sévère.

De tous les beaux sentiments qu'affiche Mme

Vermont, mon amie n'en trouve pas un de sérieux. — Pour produire ses effets, dit-elle, elle grossit toutes choses, et chaque événement nous est montré par elle, au travers d'un verre grossissant. Pour intéresser, pour charmer, elle raconterait les choses les plus fausses et ferait parade des sentiments les moins appropriés à sa nature.

Ce jugement me paraît d'une sévérité féroce, pour la femme aimable, belle, spirituelle et bonne que j'ai rencontrée tantôt.

L'appartement est des plus luxueux.

M. et Mme Vermont gagnent chaque année des sommes importantes, qu'ils traitent « en revenus », dépensant aujourd'hui sans songer à demain.

N'est-ce pas le propre des artistes..., des Parisiens... et même des sages?...

Un essaim de jeunes et jolies femmes s'ébat autour d'elle en la compagnie d'hommes d'esprit et de talent.

Quelle différence avec les salons mornes et froids de la province !

— Milieu luxueux et léger, monde bien peu fait pour toi, a insinué Thérèse, mettant comme un avertissement dans ces paroles.

Et moi qui m'y trouve si bien ! Il me semble que mon esprit s'épanouirait là, comme une fleur dans une serre.

Dès l'abord, j'ai été traitée en amie :

— Ma pauvre chérie, m'a dit Mme Vermont, je ferai tout mon possible pour vous être utile. J'ai énor-

L'ATELIER

mément de relations, je parlerai. Mon mari s'occupera de son côté. Ayez bon espoir.

20 novembre.

Non loin de Thérèse, dans ce Montmartre à la fois artistique et vulgaire, nous avons loué un modeste appartement.

La maison est bien tenue, les pièces petites mais élégantes avec leur joli papier de nuance claire où s'enguirlandent des fleurs. Les fenêtres s'ouvrent sur un balcon baigné de soleil où je pourrai élever les fleurs que j'aime, et dans ces quatre modestes pièces, je vais enclore mes rêves et mes espoirs.

Après la chambre d'hôtel, ce chez moi m'apparaît comme l'oasis apparaît au voyageur perdu dans les sables du désert.

1er décembre.

Décembre, le mois qui allume les lustres des fêtes et les feux des diamants, ramène au foyer le frère de Thérèse. Ce soir, nous fêtons sa rentrée. Comment vais-je retrouver le petit Jacques d'autrefois ?

Si je m'en souviens, les années que nous avons passées ensemble n'ont pas préparé nos cœurs à une bonne amitié.

Nous nous entendions fort mal tous les deux, et autant j'aimais Thérèse, la tranquillité de son caractère et la supériorité de son âge, autant je redoutais ce jeune garçon de deux ans moins âgé que moi, qui, orgueilleux et personnel, prenait les meilleures places, les meilleures choses et gardait tous ses sourires pour ses autres petites amies qui étaient jolies, disait-il, tandis que moi j'étais laide.

C'est vrai. qu'enfant je n'étais pas belle. On eût dit que je percevais déjà dans l'avenir toutes les souffrances qui m'y attendaient, car mon visage avait une expression triste qui le rendait maussade. Repliée sur moi-même, j'étais d'une timidité qui me rendait sauvage, et dédaignée par les autres enfants de mon âge dont le rire s'éloignait de mes pleurs, je passais des heures, solitaire, presque heureuse, à regarder les hirondelles ou les fourmis. Déjà des pensées graves s'agitaient dans ma cervelle d'enfant et demandaient le pourquoi des choses.

Cela suffisait pour que le beau Jacques qui était un adorable gamin, me méprisât pendant les jours de vacance qu'il venait, avec sa sœur, passer près de nous.

... Si, aujourd'hui, Monsieur Jacques, j'en crois mon miroir et votre portrait, les rôles sont changés. Vous n'êtes pas devenu le très joli garçon que votre visage d'enfant promettait, tandis que moi, je suis une femme à laquelle on trouve quelque esprit et quelque beauté.

Nos petites guerres d'autrefois vont-elles recommencer? Je suis impatiente et curieuse de retrouver Jacques. Jadis, en bonne petite fille que j'étais, je pleurais devant ses taquineries et je sens que s'il avait voulu être bon, je les lui aurais pardonnées et l'aurais aimé de toute mon âme. Aujourd'hui, encore pour être franche, j'avoue que je serais heureuse qu'il me trouvât belle, comme ses petites camarades d'autrefois et qu'il devînt vraiment pour moi, le frère de Thérèse.

2 décembre.

J'ai revu Jacques. Mère et moi nous étions venues tôt pour le dîner où nous devions fêter son retour. Jacques arrivé le matin, était sorti avec quelques amis, et n'était pas encore de retour. Dans le petit salon, nous causions en l'attendant.

— J'espère, m'a dit Thérèse, que Jacques et toi vous vous entendrez mieux qu'autrefois. Depuis ton arrivée à Paris, il n'est pas de lettre où il ne soit question de toi. Jacques sait que tu es une jolie fille et cela l'a disposé en ta faveur, car Jacques est épris de beauté. C'est son art qui le veut ainsi ; d'ailleurs mon frère est beaucoup plus un cerveau qu'un cœur. Sa sensibilité est toute cérébrale. Il serait capable d'un dévouement absolu, admirable, sublime pour une créature qu'il verrait mourir d'un œil sec, quelques mois plus tard, quand l'enthousiasme serait passé.

Etonnée de ce jugement porté sur un frère qu'elle aimait pourtant, je ne trouvais rien à répondre.

Thérèse reprit :

— Ces paroles te semblent un peu sévères. C'est que mon amitié pour toi me conseille de te mettre sur la défensive. Je sais combien ma petite *Nita* était une enthousiaste autrefois et je sais combien Jacques est un charmeur.

Salué par ces paroles, l'artiste faisait son apparition. Les avait-il entendues? Un sourire à la fois doux et ironique glissait sur ses lèvres.

C'est bien le Jacques du tableau; il semble descendu de son cadre. C'est le même front haut, le même teint pâle; le nez est aquilin, la bouche a un pli dédaigneux qui donne au visage une expression fière, presque méprisante.

De taille moyenne, il n'est pas joli garçon et ma première impression lui a été plutôt défavorable.

Du premier coup d'œil, j'ai deviné qu'il m'avait détaillée et que je lui avait plu. Comme une sœur, il ma serré dans ses bras en m'embrassant, mais je devinai que ce baiser était un hommage à la femme, aussi ne fit-il que flatter mon orgueil sans pénétrer mon cœur.

Placé à table, en face de moi, il m'a peu quittée du regard pendant tout le repas, et cette fixité a fini par me gêner; j'ai retrouvé la timidité de mon enfance; Jacques m'impressionne toujours.

D'ailleurs sa laideur s'efface vite devant son esprit et l'expression qui anime sa physionomie. Il sait sourire, et ce sourire qui entr'ouvre ses lèvres rouges sur ses dents éblouissantes, pointues comme celles d'un jeune chien, met un rayon dans ses yeux, une flamme sur ses joues.

Il est tour à tour ironique et attendri. Il a un peu

voyagé pendant ses vacances, et il raconte avec beaucoup de pittoresque et d'esprit, ses excursions avec des amis, artistes comme lui.

Parfois, il parle des femmes, modèles ou camarades qui les ont accompagnés ou qu'ils ont rencontrées dans ces parties de plaisir. Il en parle, naturellement, sans paraître se souvenir que je suis jeune fille et que je dois ignorer ces camaraderies féminines.

L'Art est sa passion, mais pour lui, l'Art c'est la Femme, l'incarnation de son rêve de Beauté.

Après le dîner nous nous sommes réunis dans le petit salon où Jacques a cependant trouvé moyen de m'isoler.

— Nita, je vous félicite, ma chère, vous êtes devenue une femme bien jolie — plus que jolie... charmante... car l'intelligence et l'esprit, chez vous, s'ajoutent à la beauté.

Il a dit cela en me pressant doucement les doigts et en me regardant, avec, au fond de ses yeux noirs beaux alors — une flamme d'admiration et de douceur.

Thérèse avait raison, Jacques malgré son peu de beauté est un charmeur, et les femmes doivent venir à lui comme les petits oiseaux à celui qui les fascine.

Je lui ai répondu avec une pointe de malice :

— Vous avez changé d'esthétique en grandissant, Jacques, car si vous vous souvenez de vos jugements d'autrefois...

Il a paru contrarié des souvenirs mauvais que je rappelais.

— Nous n'étions que des enfants, alors... et puis, sait-on jamais, en face du bouton, ce que sera la fleur éclose ! Aujourd'hui, que j'ai quelque compétence en la question, je m'incline devant votre charme, Anita.

J'ai souri, tandis qu'un nuage rose s'étendait sur mes joues.

Enfin, j'avais conquis le dédaigneux petit Jacques, lui, dont le mépris m'avait autrefois si souvent blessée !

Nous avons continué à causer familièrement, comme frère et sœur.

— Que trouvez-vous de Paris ? m'a-t-il demandé.

— Je le trouve beau, mais je l'avais rêvé plus beau encore.

— Parce que vous le connaissez mal ; qu'avez-vous vu de ses merveilles ?

— Très peu. Ma mère sort rarement et je déteste me promener solitaire.

— Alors, je comprends votre jugement. Paris n'est plus Paris quand on le voit seule et triste, au travers des soucis d'une situation à se créer. Nous sommes d'assez vieux camarades, n'est-ce pas, pour que je puisse vous demander la permission de vous faire visiter Paris ?

J'avais grande envie d'accepter, mais je craignais que ces promenades parussent peu convenables aux yeux de ceux qui nous entouraient.

Toujours avec son sourire à la fois ironique et attendri, Jacques a repris :

— Petite Nita, vous êtes effarouchée par ma proposition?... Certes, la Province indignée l'accueillerait par des cris d'orfraie, mais à Paris, elle paraîtra toute naturelle. N'avez-vous donc plus de vos révoltes d'enfant contre toutes les obligations ridicules imposées par le monde ? Nous sommes mieux que deux camarades : deux amis d'enfance. Vous êtes libre, vous vous ennuyez et vous êtes assez jolie pour ne pouvoir sortir sans être exposée aux insultes du vulgaire, pourquoi ne me prendriez-vous pas comme cicérone et porte-respect?...

Puis, il ajouta, en me regardant toujours avec ses yeux brillants dans lesquels se lit tant d'admiration pour la femme.

— Anita, votre esprit est digne cependant d'être au-dessus du préjugé. Une femme comme vous sait se conduire d'après son propre jugement et n'a pas besoin de prendre conseil de celui des autres.

Un silence s'est fait. Penchée sur ma vie, j'en mesurais le vide, la banalité. Les jours y succèdent aux jours, insipides, monotones, ne m'apportant que de tristes comparaisons entre ce qui a été et ce qui est. La lutte matérielle que je suis forcée d'engager m'écœure et je sens qu'une affection seule me donnerait la force de vivre.

Alors avec une révolte de tout mon être contre l'injuste existence que m'impose le Destin, j'ai dit à Jacques :

— C'est entendu. Nous sortirons ensemble.

... Et demain, Jacques viendra me chercher pour notre première excursion au pays du Beau.

3 décembre.

Il pleuvait à torrents. Triste, je regardais le ciel gris, le pavé boueux et je me disais qu'en face de ce déluge, Jacques renoncerait à la partie projetée. Mais, dix heures sonnaient, une voiture s'arrêta et quelques secondes plus tard, Jacques faisait son entrée dans notre modeste logement.

— C'est gentil, chez vous, dit-il avec un air gamin.

Et du petit salon, où je l'avais reçu, il passa dans la salle à manger et s'apprêtait à entrer dans ma chambre, quand je l'arrêtai.

— C'est ici, ma chambre, fis-je en refermant la porte demeurée ouverte.

— Je veux tout voir, répliqua-t-il, en un sourire découvrant ses dents blanches... Allons, petite provinciale, dépouillez-vous donc de ces fausses pudeurs. Quoi, vous allez sortir tout à l'heure en fiacre, vous, jeune fille, seule, avec moi, jeune homme et vous voulez encore jouer à la provinciale ! Mais non, Anita, vous êtes affranchie, débarrassée pour toujours de l'étouffoir sous lequel s'étiole l'esprit et la beauté des jeunes filles de province.

Je souris à mon tour, et j'ouvris ma chambre.

Ma mère écoutait, muette, ce langage inhabituel ;

mais son cœur devait battre violemment et ses doigts tracer des signes de croix.

Quelques instants plus tard, assis au fond de la voiture dont les vitres relevées nous protégeaient contre la pluie et les regards indiscrets, nous filions vers les musées où Jacques, en connaisseur, voulait me faire admirer les chefs-d'œuvre des différentes écoles.

Malgré mon deuil, nous avions l'air de deux amoureux ; Jacques en fit la remarque, et dans cette ville de liberté, cette supposition me fit sourire. Ainsi unis, nous semblions un de ces beaux couples d'amour qui m'ont si souvent frôlée dans mes courses à travers la capitale, éveillant en moi un sentiment d'envie.

Maintenant, qui trouverais-je pour m'aimer ? A qui pourrais-je prétendre, n'ayant plus de fortune ? Epouserais-je un ouvrier ? un de ces hommes qui ne comprendront ni mon esprit, ni mon cœur et dont le manque d'éducation me fera sans cesse rougir ? Non ; l'intimité avec un être qui ne serait pas mon égal, me serait une horrible torture. Alors ? l'éternelle solitude ? Mes rêves me seront la seule révélation de l'amour. Jamais, je ne connaîtrai l'ivresse du baiser, et du don que l'on fait de tout soi à un être que l'on adore.

Si ma jeunesse doit connaître ce veuvage, mon Dieu délivrez-moi de la vie !

20 décembre.

Je n'ai encore trouvé aucune occupation. Ma liberté actuelle m'effraie pour l'ère d'esclavage que le travail m'ouvrira. Je vis dans une atmosphère de luxe et d'amour qui ne peut que nuire à ma vie future de pauvreté et de solitude.

J'ai revu Mme Vermont, et ces femmes dont la liberté américaine étonne mon éducation de provinciale ; j'ai causé avec ces hommes dont l'esprit rend si terne la généralité des intelligences.

J'ai revu Jacques dont l'esprit original occupe et attire le mien.

Parfois, trop souvent même, dans nos promenades nous parlons d'amour. Nous le faisons sans gêne aucune ; il semble que nous sommes complètement en dehors de la question ; que frère et sœur nous voulons être et que toute pensée tendre nous est défendue.

L'autre jour, au Luxembourg, devant un tableau représentant une scène d'amour, nous nous sommes arrêtés longuement.

— L'amour ! a dit Jacques. Le grand Inspirateur ! le grand Créateur ! Le seul rêve dont la réalité soit sans désillusion, la seule sensation que l'on puisse vraiment appeler le Bonheur. Sans l'amour, la vie n'est rien. Elle ne vaut pas la peine d'être vécue.

Ce cri de détresse que mon orgueil a refoulé au fond de mon cœur m'est monté aux lèvres :

— Dois-je donc mourir, moi qui ai si peu de chance de le connaître ?

Et j'aurais voulu crier encore :

— Oui, Jacques, vous avez raison : l'amour est tout, et je voudrais avoir votre liberté, ô hommes, pour faire de lui mon Dieu et ma foi, lui immoler ma beauté, la grâce de ma jeunesse, tout ce que j'ai de bon, de beau en moi... Pourquoi, à nous, femmes, nous refuse-t-on le droit d'aimer? Pauvres, nous n'avons qu'un seul bien : notre corps, et nous ne pouvons en disposer comme il nous plaît, dire à un être vers lequel nous pousse notre cœur : j'ai besoin d'aimer et de me sentir aimée ; mon âme a soif d'affection, mon corps a soif de caresses, donne-moi une parcelle de cet amour que je rêve si beau ; sois le but de ma vie, prends pour toi les trésors de tendresse renfermés dans mon cœur !...

Pendant que je pensais ainsi, la fièvre me brûlait les pommettes. Jacques comprit-il la révolte que ses paroles avaient déchaînée dans ma jeune tête?

Après un instant de silence, il ajouta, me caressant de la voix, infiniment pitoyable :

— Pauvres petites filles, forcées de donner à l'idéal, à la chimère, le plus beau de votre jeunesse, le meilleur de votre cœur ! Vous, femmes, créatures d'amour, vous ressemblez à des anges faits pour les cieux et retenus captifs au plus profond des ténèbres terrestres... Préjugés sociaux qui vous défendent contre le Bonheur, qui vous enferment dans une tour plus haute, derrière un mur plus inaccessible que ne l'étaient les châteaux du moyen-âge, qui donc vous fera crouler? Qui donc, pauvres fleurs étiolées vous rendra l'air pur et le soleil radieux?

Et j'étais prête à lui crier :

— Toi ! Jacques. Enlève-moi. Porte-moi au soleil dont tu parles. Que ses rayons me viennent de tes yeux, de tes lèvres ! Ton amour sera la vivifiante lumière sous laquelle mon cœur s'ouvrira.

Mais la fière créature que je suis est demeurée muette.

Jacques ne m'aime pas sans doute. Et quand il m'aimerait, je ne pourrais être sa femme. Ses rêves d'artiste ne trouveraient pas leur réalisation dans la vulgarité d'un ménage sans fortune. Il est trop amoureux du Beau pour aimer autrement que dans le cadre de luxe qui convient à la beauté.

Alors, que puis-je espérer, moi, dont la jeunesse va se flétrir si rapidement dans le travail forcé que m'impose la pauvreté? Hélas !...

Jacques, il me semble cependant que j'aurais bien su t'aimer !

21 décembre.

Je veux fuir Jacques. Je viens de relire les lignes d'hier. A quoi pensais-je? Quel vent de folie a soufflé sur mon cœur, pour me faire entrevoir quelque espérance dans l'amour de Jacques. Pauvre Anita ! si la solitude glace ton cœur, l'amour le consumerait vite. A la fleur étiolée à laquelle il t'a comparée, il ne faut pas le soleil torride qui la dessécherait et que serait pour moi l'amour fou qui m'emporte vers Jacques.

Comment ont-elles pu naître ces pensées de liberté

et de révolte qui m'ont conduite à un rêve insensé. Moi qui répondais si fièrement à Thérèse, il y a trois mois à peine : « *Jamais !* ».

Jamais ! oserais-je le répéter aujourd'hui ? Non ; devant les paroles de mon amie, je baisserais la tête, car j'ai senti le péril.

... Je veux travailler ; il faut que je distraie mon esprit. Cette vie d'oisiveté me perd. Je ne sortirai plus avec Jacques.

28 décembre.

Fidèle à ma résolution, j'ai voulu me chercher du travail. J'ai acheté des journaux et à la dernière page de l'un d'eux, j'ai lu cette annonce :

« Directeur de revue, cherche jeune fille instruite pour être secrétaire ». Suivaient des initiales et un bureau de poste. J'ai écrit. Le lendemain, je recevais une réponse me priant de me présenter à 4 heures, au nº *** du boulevard Montparnasse.

Le cœur rempli d'espoir, je suppliais ma mère de m'accompagner et à l'heure dite, nous sonnions à la porte de l'appartement indiqué.

Un homme grand, la barbe longue et inculte, les yeux noirs et durs vint nous ouvrir.

— Monsieur Mugnier ?

— C'est moi, Mesdames, voulez-vous entrer.

Il nous introduisit dans une grande pièce lui servant de bureau.

Quand nous fûmes assises, je me présentai :

— Je suis, Monsieur, Mademoiselle Derville. Je

vous ai écrit dernièrement au sujet de l'emploi vacant chez vous. Vous m'avez demandé de me présenter aujourd'hui, me voici.

Une nuance d'embarras passa sur sa physionomie.

— Oui, je sais, répondit-il cherchant ses mots... J'ai, en effet, besoin d'avoir près de moi une jeune fille comme secrétaire... Je suis marié et c'est ma femme qui remplissait l'emploi, mais elle vient de tomber malade... d'une maladie dont la longueur est indéterminée et j'ai besoin de quelqu'un pour la remplacer... Il faudra faire la correspondance, copier des manuscrits, etc. Je paie peu ; mais vous serez libre de bonne heure.

— Quels sont les appointements ? Monsieur.

— 30 francs par mois et le déjeuner que l'on prend avec moi... et avec ma femme, ajouta-t-il, en regardant ma mère.

— C'est peu ; mais j'accepte quand même. Il est si difficile de se trouver une bonne situation.

J'ajoutai quelques détails sur moi, mon instruction, ma bonne volonté, et il fut convenu qu'à 9 heures, le surlendemain, je prendrais mon poste.

... Comme la première fois, M. Mugnier vint m'ouvrir lui-même ; mais il était mieux vêtu et sa barbe était peignée avec soin.

Dans le bureau, une vaste jardinière remplie de jacinthes aux parfums suffocants occupait toute l'embrasure de la fenêtre.

— Vous arrivez à l'heure exacte, Mademoiselle ; c'est bien. Vous devez être une sérieuse employée.

Mais je n'ai aucunement l'intention d'être un maître sévère... je ne le suis que devant les mamans... avec les jeunes filles, je suis doux... très doux. La besogne que je donne se comporte surtout de baisers, et les romans que j'écris sont des romans d'amour.

Surprise d'abord, je restais là à l'écouter. Mais, quand je vis son visage se rapprocher du mien, avec l'invitation de ses grosses lèvres s'avançant sous son épaisse barbe, je me levai si brusquement que ma chaise se renversa :

— Taisez-vous, Monsieur, et laissez-moi sortir sans plus tarder. Votre rôle est abject. Vous deviez savoir qu'une jeune fille, présentée par sa mère, refuserait le marché honteux que vous offrez.

— Comme vous vous emballez, la belle enfant ! On voit que vous ignorez la vie de Paris ; vous avez la candeur de la province. Vous ne serez pas si fière, quand...

Je l'interrompis violemment.

— Laissez-moi partir, Monsieur. Je vous l'ordonne.

— Ne craignez rien. Je ne pratique pas le viol ; et cependant, je pourrais plaider les circonstances atténuantes ; vous êtes si jolie !

Il m'ouvrit la porte en murmurant :

— Vous verrez ; vous réfléchirez.

Alors, j'ai retrouvé tout mon dégoût, toute ma fierté d'antan, pour répéter le mot de ma devise :

— Jamais ! ! !

Je sortis tellement bouleversée, qu'à peine sur le boulevard, des larmes jaillirent de mes yeux.

Je m'éloignai rapidement, sans prendre garde que quelqu'un me suivait ; mais bientôt il me rejoignit et se mit à marcher à mes côtés.

— Quel chagrin ! ma belle enfant. Ne peut-on le consoler ?

Et comme je ne répondais point :

— Voyons, petite, je ne demande qu'à sécher ces larmes. Venez dîner avec moi, nous causerons. J'ai deux remèdes immanquables contre le chagrin : l'amour et l'argent.

Je me détournai, indignée.

— Je vous prie de me quitter, Monsieur. Mon deuil ne vous apprend-il pas la cause de mes larmes ? Vous devriez savoir respecter une semblable douleur.

Un instant, il demeura interdit, puis il ôta respectueusement son chapeau et dit, la voix humble :

— Je vous demande pardon, Madame. Vous m'aviez paru si séduisante, malgré votre chagrin, que je n'avais point pris garde à vos vêtements noirs. Excusez-moi.

Il s'est éloigné.

Je suis rentrée triste et découragée.

Paris, cité d'amour, ne serais-tu que la cité du Vice ?

31 décembre.

Il fait sombre ; le ciel menaçant paraît vouloir enserrer la terre en une mortelle étreinte ; les nuages flottent si bas que leurs grosses masses floconneuses semblent être prêtes à venir balayer les rues et en

L'ECRIVAIN

chasser les habitants... Comme je me sens seule ! Le soleil est un amant pour les âmes solitaires ; sous la caresse de ses chauds rayons les âmes et les corps comme les fleurs s'épanouissent, mais quand il a disparu dans les brumes glacées de l'hiver, nous désirons d'autres caresses, nous rêvons d'un autre amant.

... Année qui va finir, adieu sans regret. Tu m'as frappée dans ma plus chère affection, tu as fait le vide dans ma vie, tu m'as arrachée au sol natal pour me transporter dans ce Paris où je suis une étrangère, où pour vivre je serais obligée de me transformer, comme dans un sol étranger la fleur perd de son éclat, de son parfum... Année néfaste, année de deuil et de malheur, adieu !... Que mon père repose calme dans le suaire que tu lui as tissé. C'est en pensant à lui, seul, que je me souviendrai de toi !

2 janvier.

Grâce à l'amabilité de Mme Vermont et des amis précieux qui restent fidèles à mon malheur, le premier jour de l'année nouvelle n'a pas eu pour moi la poignante tristesse que je prévoyais.

Avec Thérèse et son frère, ma mère et moi, nous avons dîné chez Mme Vermont. Malgré notre deuil, il y avait un étranger : un vieux noble, vague cousin de la maîtresse de maison, qui riche et célibataire promène par le monde sa fortune et son ennui. La soixantaine proche lui fait sentir le vide de sa vie. Forcé de rentrer plus tôt, craignant la fraîcheur des soirées et des nuits, il trouve le logis désert. Les tapis épais, les riches tentures, les bibelots luxueux qui capitonnent et emplissent son hôtel ne comblent pas la solitude que son égoïsme y a fait régner. Et ce presque vieillard commence à rêver de foyer, de famille.

Avant qu'il n'arrive, Mme Vermont m'a fait savoir toutes ces choses, et elle a ajouté avec son air à la fois léger et amical :

— Anita, savez-vous que ce serait la meilleure situation que vous puissiez trouver.

— Quoi, vous voudriez me le faire épouser ?

— Pourquoi pas ?

— Mes vingt-cinq printemps s'allier à ses soixante hivers !

— Ma chérie, soixante hivers avec la fortune valent mieux que trente printemps avec la pauvreté... Je ne sais de quel âge M. de Veneji désire sa compagne. Sans doute la préfèrerait-il de trente ans passées. Mais il aime la beauté et j'espère que votre charme le séduira assez pour masquer la folie de cette union disproportionnée.

— Madame, vous avez tort de penser que je pourrais...

— Ma petite enfant, seriez-vous assez folle pour préférer la vie de travail et de misère qui vous attend à la vie de luxe que vous donnerait un brillant mariage ? Vous désirez et croyez à l'amour ? pauvre petite ; mais il n'existe pas, c'est une chimère, un mythe, un follet qui voltige sur la route de la jeunesse, et comme ses frères, les follets des marais, conduit à la fange. Quand on croit le saisir, on s'aperçoit qu'il est passé, et on se relève souillée, perdue pour toute la vie.

— Cependant, Madame, il en est qui s'aiment...

— De quel supplice, souvent, paient-ils leurs années de bonheur? Commencer à aimer, c'est commencer à souffrir. Michelet l'a dit : « la peine est inséparable de l'amour ».

— Eh bien, je préfère souffrir et aimer.

Pendant le dîner, le comte de Veneji a été charmant. C'est un homme instruit et un parfait gentilhomme. Mon esprit et mon visage ont paru le charmer, et nous avons eu une conversation fort animée.

En face de moi, Jacques ne me quittait pas des yeux. Leur caresse habituelle avait disparu, et la jalousie y avait allumé une flamme de désir et de passion.

Jacques m'aimerait-il ?

Au salon, je me suis éloignée du comte pour me rapprocher de Jacques. Mais celui-ci m'a reçue avec une froideur inaccoutumée.

— Vous me boudez, Jacques ?

— Non ; quoi vous le fait supposer?

— Votre attitude ; mais je suis heureuse de m'être trompée. Nous avons été fort séparés ce soir ; rattrappons le temps perdu ; causons, voulez-vous ?

— Capricieuse, qu'êtes-vous devenue ces jours derniers? Pourquoi avez-vous interrompu brusquement nos promenades ?

— Parce que j'avais à travailler... et puis à me reposer... l'esprit surtout. Cette vie de liberté et de plaisir m'effraie ; je ne veux pas m'y habituer ; plus tard, je serai trop malheureuse.

— Plus tard ?

— Oui, quand il me faudra être l'esclave du travail.

— L'esclave du travail ! Mais il me semble que la comtesse de Veneji n'aura pour toute occupation que la parure et la promenade.

— Taisez-vous, moqueur !

— Quelle moquerie voyez-vous dans mes paroles ? Je connais la vie, les luttes d'un cœur de femme ; la fortune est la plus grande des tentations.

— Je lui en connais une supérieure.

— Laquelle ?

— L'amour !

— L'une conduit à l'autre.

— Pas toujours, surtout dans le cas qui nous occupe.

— Pardon ; l'une amènera l'autre.

— Qu'est-ce à dire ?

— Que jeune, riche et belle, l'amour fleurira sous vos pas.

— Jacques, quels conseils me donnez-vous !... Ce n'est pas cet amour là que je rêve, je déteste les chemins détournés, je veux la grande route, la pleine lumière...

— Ma chère amie, les sentiers de l'Amour, sont étroits et sinueux les épines et les roses s'y enlaçent, il cotoie les précipices...

— Mais Jacques, il est cependant une route large et claire qui s'appelle le Mariage? N'existent-ils pas des êtres unis légitimement qui s'aiment comme des amants?

— Certes; mais ils sont rares. Le mariage, Anita, c'est le tombeau de l'amour.

— Oui; mais un tombeau où l'on dort tranquille.

Jacques a vu sans doute que nous ne nous comprenions pas, que l'abîme de l'éducation bourgeoise, du préjugé, nous séparait; il m'abandonna à mes pensées et alla causer à Mme Vermont que venait de quitter le comte de Veneji.

Tout le monde conspire-t-il donc contre moi; puisque Jacques lui-même semble me pousser à ce mariage.

L'amour me fuit; la fortune vient à moi. Que faire?... Garder mon indépendance et ma liberté d'aimer!

15 janvier.

J'ai répondu catégoriquement aux espérances matrimoniales de Mme Vermont: — Non; je veux travailler. Aidez-moi. Je ne suis pas faite pour l'esclavage que vous rêvez. La fortune ne paiera pas mes fers.

— Folle, mais vous aurez toute votre liberté!

— Ce mariage est un marché, et j'ai trop de dignité, de moralité, pour l'accepter. Je le trouve tout aussi vil que celui de la fille qui se vend, le soir, dans la rue. Et encore, est-il moins excusable : elle a besoin de pain, moi je puis me passer de luxe.

— Utopie que tout cela, ma chère. Vous rêvez d'aimer ? Mais qui aimerez-vous ? Un de ces hommes qui vous dédaignent parce que vous êtes pauvre ? Qui vous offriront un amour sans dignité, sans certitude ?

— Je me trouverais plus excusable de me donner librement à un être que j'aimerais, que de me vendre, dans le mariage, à un homme dont l'âge me répugne.

— Mille pinceaux, Anita, tu raisonnes comme une grosse caisse qui dégringole un escalier !

Surprise de cette apostrophe, je me retournai. Sous la portière apparaissait la grosse tête de Nicolas Rabin, un enfant de la bohême, ami de Jacques et habitué de chez Mme Vermont.

Sans façons, il prit une chaise, s'installa près de nous.

— Louise, tu fais la morale à cette enfant, elle en a grand besoin. Elle n'a pas plus d'expérience qu'un étourneau le derrière dans l'œuf. Mais, mille pinceaux, l'expérience ne s'apprend pas comme une leçon de catéchisme. C'est un fruit amer auquel il faut goûter. Elle veut travailler ; il faut la laisser faire.

— Nous ne demandons pas mieux, Nicolas, mais avez-vous un emploi à lui offrir ?

— Mon Dieu, peut-être. Je connais tout Paris ; j'ai mes grandes et petites entrées chez le ministre, comme chez l'épicier ; l'un m'invite à manger des ortolans, l'autre une tartine de moutarde ; mais je m'amuse partout, aussi bien ici que là.

Je l'interrompis, voulant à toute force, profiter de l'occasion qui m'était offerte.

— C'est entendu, mon ami Rabin, vous me trouverez du travail ?

— Mais oui, tout de suite, si tu le veux, avide mangeuse de vache enragée. Te plaît-il d'entrer à la Banque Bordelaise ? Les appointements doivent y être minimes ; mais pour commencer, tu t'en contenteras. Je vais te donner un mot pour le directeur. Il y a tout un système d'examens ; mais j'espère que ma protégée en sera dispensée et qu'avant huit jours, elle fera partie de la Maison. Dans deux mois, Anita, ma fille, j'espère que tu auras retrouvé la raison, et que le comte de Veneji donnera son nom à une femme sensée.

Je l'ai remercié, reconnaissante malgré ses façons sans gêne, si différente de ma réserve et je suis partie à l'instant même tenter de me faire agréer comme employée par le directeur de la Banque Bordelaise.

Après avoir gravi le monumental escalier, avoir traversé une série de bureaux, m'être égarée dans cette immense fourmillière humaine, j'arrive enfin dans un large vestibule où l'épaisseur des tapis et le majestueux des fauteuils, indiquent son Excellence le Directeur. Un garçon, portant la livrée de la maison, méfiant me dévisage.

— Vous désirez, Mademoiselle ?

— Monsieur Livet, directeur.

— Il est absent. D'ailleurs, Mademoiselle, on le voit très difficilement.

— J'ai une lettre pour lui.

— Si vous voulez me la donner, je la lui remettrai.

— C'est pour solliciter une place ici.

— Alors, Mademoiselle, adressez-vous au Chef du personnel.

Sans me séparer de ma lettre, j'ai suivi le groom qui devait me conduire, près du chef en question.

La même réception m'attendait, mais cette fois je fus introduite.

Un monsieur, d'un certain âge, aux manières obséquieuses, à l'air cafard — note générale de la maison, à première impression — m'a reçue dans son vaste cabinet sombre, silencieux, sévère, comme une église.

Quand je lui eu exposé l'objet de ma visite, nommé M. Livet et Nicolas Rabin, il s'inclina plus encore et me dit de sa voix onctueuse :

— Monsieur le Directeur, Mademoiselle, aura égard pour votre admission à la recommandation de M. Rabin. Je crois que vous pouvez avoir la certitude de faire partie de notre administration ; mais il faudra apporter à la tâche dont nous vous chargeront, tous vos soins, toute votre bonne volonté. Vous travaillerez de 8 heures 1/2 du matin, à 6 heures du soir, avec 1 heure pour déjeuner. Vous gagnerez 3 francs par journée de travail. A votre entrée ici, vous devez nous fournir votre extrait de naissance, casier judiciaire.

Je fis un mouvement.

— Simple formalité, Mademoiselle ; mais règle absolue. — Vous habitez chez vos parents ?

— Oui, Monsieur.

— Bien ; car nous ne prenons jamais de jeunes filles habitant seules. Nous voulons pour notre maison, une moralité parfaite. Enfin, Mademoiselle, donnez-nous votre adresse ; nous vous enverrons très prochainement une lettre de convocation.

Je l'ai remercié, et je suis partie, demi-contente, demi-froissée.

Il me semble qu'au frontispice de cette maison, est écrite cette devise « Tu seras esclave ! »

1er février.

Oh ! oui, je le suis esclave ! Quelle horrible vie, que ma vie présente !

Du matin au soir, je compte ces affreux petits bouts de papier que l'on nomme des coupons. L'horreur des additions, pour la rêveuse que je suis ! Sortie de la geôle, les chiffres continuent à marteler mon cerveau ; je compte les marches des escaliers, mes pas dans la rue, les minutes de mon sommeil ! L'affreux cauchemar !

Nous sommes une centaine de femmes dans un hall immense ; la chaleur y est exagérée ou insuffisante, et des directrices ressemblant à des Cerbère, nous commandent avec des airs hautains de chefs, administrateurs de cette « boîte à millions. »

Ma Directrice — puisque tel est son titre — est particulièrement désagréable ; elle a « ses têtes » et la mienne n'a pas le don de lui plaire. Dès les premiers jours, c'est avec une antipathie visible qu'elle m'avait mise au courant du travail ; les explications qu'elle me donnait étaient insuffisantes, et quand je me risquais à lui demander des détails supplémentaires elle haussait les épaules d'un air dédaigneux.

Hier matin, j'étais en retard. Comme je passais rapidement près d'elle, je l'entendis ricaner, faisant allusion à ma haute taille qui l'offusque sans doute :

— Tiens, la Tour Eiffel, se promène !

Mes compagnes avaient entendu ; un fou rire répondit à ces paroles, et depuis, bien souvent, quand je traverse le bureau, je devine que ce sobriquet voltige sur les lèvres moqueuses.

Le soir, je sors de là, les cheveux en désordre, le visage fatigué, les yeux cernés, les mains maculées d'encre et pas toujours gantées. Je me devine laide, inélégante surtout, et je reviens vite, vite dans la crainte de rencontrer quelque personne de connaissance.

Cependant à la banque j'ai trouvé une amie ; en face de moi, dès le premier jour, est venue s'asseoir une jeune femme mince, brune, avec de grands yeux gris dont les sourcils étaient dissimulés par des bandeaux sombres et ondés ; à son élégance, faite de rien, et par cela même inimitable, se devinait la parisienne. D'abord, je la regardai avec curiosité, puis avec sympathie. Le travail qui, comme à moi, lui était étranger, semblait lui être aussi pénible.

Je la voyais faire ses additions, lentement, lentement ; puis les recommencer, changer des chiffres, les rechanger encore, et à la fin des journées ses beaux yeux se ternissaient, prenaient une expression de stupeur douloureuse, tandis que ses doigts, d'un geste machinal, soulevaient ses bandeaux bruns pour apporter à son front une impression de fraîcheur.

Nous échangeâmes d'abord un sourire, puis une réflexion, à voix basse, puisque comme aux enfants en classe, il est défendu de parler entre nous Enfin, un jour, à l'heure du déjeuner, nous nous réunîmes.

Et depuis, ainsi, tous les jours nous nous délassons du long silence imposé. Nous avons d'abord causé de banalités, de généralités; puis peu à peu nos causeries ont pris une tournure plus intime, et bientôt viendra l'heure des confidences.

J'espère que Georgette me comprendra. Elle n'a pas la moralité étroite des jeunes provinciales, mais elle ne doit pas avoir la légèreté d'idées de nos parisiennes.

12 février.

Ce soir, en revenant de mon travail, j'ai rencontré Jacques. Il n'était pas seul. Son bras soutenait celui d'une jolie femme que j'ai reconnue pour être son modèle, Marcia, l'inspiratrice de la *Liberté*. Moulée dans un élégant costume tailleur, les traits idéalisés par un voile blanc finement brodé, elle causait avec Jacques, les yeux dans ses yeux, un sourire parant son visage d'une grâce joyeuse.

Moi, j'étais en modeste robe noire, la poussière des bureaux ici et là faisait tache, une boucle de mes cheveux, détachée, balafrait mon front, et dans ma démarche se lisait la fatigue et le découragement.

Jacques, sans sourciller, m'a regardée. Moi j'ai rougi.

Comme il a dû me trouver laide ! Quelle triste comparaison, il a dû faire entre moi et son joli modèle !

Il aime toujours cette femme. Et moi, qui, un instant, me suis crue aimée ! Il s'amusait de ma candeur de provinciale ; peut-être aussi son assiduité près de moi n'avait-elle d'autre but que de ranimer l'amour dans le cœur de sa maîtresse.

Jacques, comme je suis malheureuse ! Comme je sens, à la jalousie qui me torture, que je t'aimais, que je t'aime encore.

Je fuirai ta présence puisque tu ne veux pas me donner d'amour, mais loin de toi il me semble que je mourrai.

14 février.

Trop malheureuse, je n'ai pu garder mon secret. Je me suis confiée à Georgette.

— Si vous aimez Jacques, pourquoi ne le lui laissez-vous pas voir ?

— Parce que lui ne doit pas m'aimer et que ma fierté est trop grande pour m'exposer à être repoussée.

— Vous avez tort. Un homme est toujours flatté de l'amour d'une femme ; il ne peut mal l'accueillir.

— Mais, Jacques, ne m'épousera pas. Lui, artiste, ne voudra point du pot au feu du ménage — et surtout du ménage pauvre.

— Beaucoup sont comme lui : la majorité des hommes, à Paris. Ce n'est que par la ruse que l'on obtient un mari. Ainsi, moi, Anita, je ne me suis mariée que comme cela. J'ai été la maîtresse de Paul, et comme j'étais enceinte, il m'a épousée. L'enfant est mort à sa naissance, et nous vivons comme deux amants. Mais vous, vous êtes arrivée à votre âge sans avoir noué une intrigue sérieuse ?

— J'ai aimé d'imagination ici et là, caprice de papillon ; mais jamais je n'ai été réellement éprise.

— Comme vous avez perdu du temps ! Allez-vous donc coiffer Sainte-Catherine, sans connaître ce bonheur ; clore cette belle période de votre jeunesse sans y mettre le cachet de l'amour ?

— Que voulez-vous que je fasse ?

— Aimez Jacques ; devenez sa maîtresse.

A ces paroles, je n'ai pas répondu par un cri d'indignation ; mais par un cri d'effroi.

— Il m'abandonnera !

— Avec un peu d'habileté, vous saurez le retenir.

— Non, Jacques n'aimera qu'une femme dont la beauté sera rehaussée par l'élégance, encadrée par le luxe. C'est un raffiné. Et puis... je ne le crois pas très fidèle. C'est l'amoureux de la beauté, et la beauté est si multiple dans ses incarnations.

— Alors, trouvez la fortune avant l'amour.

— Elle s'est présentée dernièrement.

— ?

— Sous les traits d'un vieux comte de soixante ans.

— Et vous l'avez refusé ?

— Oui, car ce que je désire le plus dans la vie, c'est l'amour ; et d'une union pareille, l'amour est pour toujours banni.

— Sous les traits de Jacques, ne viendrait-il pas à vous, au contraire ?

— Un tel calcul serait indigne de moi. Prendre un amant, ne me semble pas une faute ; mais tromper un mari me paraît un crime. Me donner libre à celui que j'aime et payer cette joie de tout mon avenir, c'est le seul marché que j'accepte.

— Folle ! quand vous serez abandonnée sans travail, sans argent, un enfant sur les bras, que deviendrez-vous ?

— Je me tuerai. Brisée l'idole, morte la prêtresse !

— Cette mort c'est vous qui l'auriez voulue, en refusant le luxe qui serait la vie de votre amour. Croyez-vous que Jacques épris de l'élégance de ses modèles, demeurera longtemps l'amant d'une petite employée dont les jupons sont en flanelle ou en cretonne, les chemises en toile de coton ? qui arrivera brisée par la fatigue du labeur quotidien et ne répondra pas à toute l'ardeur de ses étreintes.

— Je le sais. Jacques ne m'aimera pas longtemps, si toutefois j'arrive à m'en faire aimer.

— Tandis que, Anita, si vous avez l'auréole du titre, si vous pouvez dire : mon hôtel, ma voiture, s'il vous voit parée d'un costume signé Paquin et dont la note s'acquitte avec des billets bleus, si votre corps repose dans la batiste et la dentelle, sachez que votre beauté sera rehaussée à ses yeux, et qu'en vous, il aimera la comtesse autant que la femme...

L'heure de la rentrée vint interrompre la philosophie bien parisienne de ma nouvelle amie.

Et tout l'après-midi, semant à profusion les erreurs dans les bordereaux, j'ai songé à l'amour qu'elle m'a fait entrevoir. Posséder la fortune et le cœur de Jacques, quel rêve !

20 février.

Pour secouer les pensées malsaines que m'ont mises en tête les raisonnements de Georgette, je suis allée avoir Thérèse. Je savais que près d'elle, j'allais me retrouver moi-même et que sa nature droite me tracerait le chemin que je devrais suivre.

Je l'ai trouvée le front nimbé de cette tristesse qui enveloppe toute sa personne d'une sorte de voile de deuil.

Pauvre Thérèse ! Quand je vois cette tête si charmante et si douloureuse, je voudrais la couvrir de baisers, et dire à celle qui a tant souffert, et doit souffrir tant encore, les paroles douces qui consolent, les paroles que savent trouver les mères pour écarter la douleur du cœur de leurs enfants. Mais Thérèse est si froide, si impénétrable, que je n'ose.

J'ai parlé du comte de Véneji.

— Tu sais que Mme Vermont avait eu l'espoir de me le faire épouser ?

— Je le sais. Pourquoi n'as-tu pas réfléchi plus sérieusement à ce projet ? Ce mariage était peut-être pour toi la meilleure des solutions.

Je n'ai pu réprimer une parole de surprise.

— Quoi, toi aussi ?

— Non, Anita, moi, je ne vois pas dans ce mariage l'avantage pécunier qu'y voient les autres. Sachant combien ton cœur est loyal, j'y trouve surtout une sauvegarde pour ta jeunesse, un garde-fou pour les précipices que la Pauvreté ouvre chaque jour sous tes pas. Si tu te maries, tu seras une honnête femme. Je le crois. D'ailleurs, le mariage est le berceau de la famille, le tabernacle que notre scepticisme doit respecter, — et tu le respecteras.

— Tu as raison, Thérèse, et je suis de ton avis, mais voilà pourquoi j'ai repoussé la tentation du luxe qui s'offrait à moi. Je ne me sens pas assez forte pour faire au *Devoir*, les sacrifices qu'exige ma conscience. Je ne puis me résoudre à vivre ma jeunesse sans autre amour que celui de cet homme, presqu'un vieillard. Mon rêve a été trop beau, pour que je l'anéantisse d'un seul coup, pour que désormais, je puisse vivre sans idéal, sans espérance...

La voix grave de Thérèse fit tomber mon exaltation.

— Tu veux aimer, pauvre enfant ? Tu crois encore à la réalisation de ton rêve d'affection. Mais, sais-tu de combien de larmes, de tortures sans nom se paie l'amour tel que tu le veux ? Sais-tu qu'il a la durée d'un éclair, et que comme lui, il présage l'orage, qui vient tout détruire. Aimer, Nita, c'est un plaisir du ciel. Dieu le réserve pour les élus, et maudit la créature orgueilleuse qui, sur cette terre, veut goûter à ces joies divines !

Au Pavillon
D'ARMENONVILLE

— Comme tu sembles désabusée Thérèse, comme tu parais avoir souffert ! Tu as aimé ?... qui ?... quelqu'un qui ne te valait pas puisqu'il n'a pas su garder ta tendresse ?

— Non, Nita, tu te trompes ; mon mal ne vient pas d'avoir été trahie, mais d'avoir trahi, l'un est plus affreux que l'autre... Voilà, pourquoi, mon enfant, ne voulant pas que mon supplice soit le tien, je te mets en garde. La vie de Paris, ses tentations, ses plaisirs étouffent les bons sentiments, étourdissent la conscience, mais il est toujours des heures où elle se réveille, où l'on se retrouve soi...

Je n'écoutais plus.

— Thérèse ce que tu dis est impossible ; toi, avoir trahi !... Amie, confie-moi ton secret, ne t'accuse pas, tu ne peux dire vrai.

— Je te dirai un jour l'histoire de mon cœur, ma Nita, mais pas aujourd'hui... plus tard, quand l'amour et la douleur, hélas, auront muri ton âme... Maintenant, tu ne pourrais encore me comprendre.

Elle essuya une larme, et ajouta :

— Sois une honnête femme, *honnête* dans toute l'acception du mot, toujours, et malgré tout, car c'est encore le devoir, quelque âpre qu'il soit, qui donne au cœur la seule joie durable.

Et en écoutant cette voix grave, il m'a semblé que quelque chose ressuscitait du passé, qu'un écho de mon enfance, de ma prime jeunesse arrivait jusqu'à moi, que la voix du disparu que je pleure commandait : *Le Devoir* !

Et je l'ai quittée réconfortée, ayant le courage de ne pas attendre Jacques.

5 mars.

Quelle drôle de petite personne que Georgette ; elle est douée d'un cœur exquis et d'un scepticisme extraordinaire. Elle dû lire beaucoup au livre de la vie et mordre à belles dents au fruit amer de l'expérience. Elle aime son mari, parce qu'il est resté son amant, mais elle prévoit le jour où, cessant de l'être, elle dédaignera l'époux. — J'aurai toujours pour lui une bonne amitié, dit-elle, mais ce ne sera plus de l'amour, et c'est si bon d'être amants ! Alors, je ne dis pas que... Bah, il l'ignorera... et puis, lui, ne fera-t-il pas de même ?

— Mais, aujourd'hui, si vous rencontriez ?

— Je ne le pourrais pas... D'ailleurs, mon mari est jaloux.

— Mais alors? plus tard...

— Çà lui passera... avec l'amour. L'habitude, voyez-vous est une personne calme, quand elle entre dans notre demeure, nous vivons sous ses lois insipides et monotones.

Georgette rêve de l'amour, mais l'amour des premières étreintes ; celui de deux chairs qui s'ignorent, de deux cœurs qui se devinent, et elle ne comprend pas que la tendresse et l'affection qui succèdent au sentiment violent des premiers jours puissent remplacer l'amour.

Moi, il me semble que j'aimerais toujours avec la

même ardeur, toujours avec la même folie, que chaque jour serait un renouveau, et qu'à jamais les bras qui m'enserraient ne devraient se rouvrir. Je dirais à celui que j'aimerais : Prends-moi, garde-moi, jusqu'au jour où tu me déposeras dans le lit où l'on dort d'un sommeil qui ignorent les rêves d'amour.

Mais, je suis seule ! seule ! et je dormirai, hélas, de ce sommeil sans avoir vécu.

6 mars.

Que disais-je hier ! que mon sommeil ignorait les rêves ! Oh ! combien délicieux a été celui qui m'a bercée cette nuit.

Au milieu d'un printemps idéal, créateur des floraisons les plus merveilleuses, Jacques et moi, nous marchions. Mon bras s'appuyait au sien, ma tête s'alanguissait sur son épaule, sous la tristesse de la nuit qui venait, du beau jour qui allait finir.

Comme d'une dernière caresse, le soleil nous empourprait de ses rayons. Nos cœurs battaient à l'unisson, nous nous étions compris, mais aucun aveu n'avait été murmuré, mes lèvres ignoraient encore la brûlure des siennes.

Et las, nous rapprochant encore, craignant sans doute que l'inconnu qui accompagne la nuit, vienne nous séparer, nous nous laissâmes tomber sur un banc de mousse. Nos regards s'étaient unis. Avant de goûter le baiser de fièvre et d'ivresse, nous goûtions, fins gourmets, les baisers de nos âmes, confondues en un même désir.

— Quel beau jour! murmura Jacques.

— Qui va finir, soupirai-je.

— Oui, ma bien chérie, mais en te laissant le souvenir du premier baiser d'amour.

— Et j'ai senti la caresse de deux lèvres — des siennes! — sur les miennes.

Oh! l'extase de ce baiser! J'ai cru qu'il tuait mon corps, qu'il tuait mon âme. J'ai défailli et je me suis retrouvée seule et glacée, ne serrant dans mes bras que le fantôme trompeur de mon rêve.

Mais ce songe m'a laissé une impression profonde. Je connais toute la douceur du baiser d'amour et celui qui maintenant baiserait mes lèvres ne baiserait pas une fleur impoluée. Illusion ou réalité, Jacques a eu mon premier baiser. Seulement, comme une goutte d'eau glacée tombant sur un front en feu augmente le désir d'une plus ample rosée, mes lèvres, Jacques, ont plus soif des tiennes.

7 mars.

Tandis qu'hier au soir, ma mère s'était rendue à l'église pour suivre les exercices du carême, je n'ai pu résister au désir de revoir Jacques ou d'entendre parler de lui. Je me suis rendue rue Sainte-Marie. Je savais que Jacques, rentré tard suivant son habitude, devait à cette heure, dîner avec sa sœur. Je ne m'étais pas trompée.

Quand la petite bonne m'a introduite dans la salle à manger, Jacques a poussé une exclamation joyeuse.

— Quel miracle de vous voir ce soir! Vous vous

faites si rare, ma très belle ! Sans doute que vos banquiers vous apprennent à dédaigner de pauvres artistes comme nous ; les remueurs d'or méprisent les remueurs d'idées.

— Mais, non, Jacques, ce m'est toujours un grand plaisir de venir ici ; mais j'ai peu de liberté, vous le savez.

— La Banque Bordelaise, vous prend-elle donc aussi vos soirées ?

— Non, mais ma mère...

— Elle doit être à l'église, à moins qu'elle ne soit devenue athée ou que vous soyez devenue dévote. Dommage d'embéguiner sous la coiffe, un front comme le vôtre... Venez ici, Nita, que je vous embrasse, car voilà un siècle que je le désire.

Docile, calme en apparence, je me suis approchée et chastement, j'ai tendu le front aux lèvres tant aimées.

Il l'a à peine effleuré, mais comme Thérèse s'était un instant absentée, Jacques glissa ses lèvres jusqu'à mon cou, et sur la nuque il déposa un baiser à la fois si doux et si fort, que je tressaillis toute.

— Quel parfum adorable vous avez, me dit-il. Et il prolongea la caresse, semblant aspirer à pleines lèvres l'odeur d'œillet qui se dégageait de moi.

— C'est extraordinaire, ajouta-t-il, dardant sur moi l'éclair de ses yeux, si beaux quand la passion y brille, j'ai rêvé de vous cette nuit et j'ai respiré ce parfum. Il m'était inconnu cependant ?

— Oui, car je l'ai acheté, depuis que je vous ai vu.

— Je vous félicite, ce parfum est exquis. Mais de

grâce, ne venez plus troubler mon sommeil. Le jeu est dangereux, Nita. Votre parfum est un mauvais narcotique qui donne la fièvre. Voyez comme je brûle.

Et sa main serra la mienne...

Oh! les souvenirs de la nuit! Moi aussi, j'avais la fièvre.

Thérèse est revenue et nous avons parlé de choses différentes.

J'ai dit tout le découragement que me causait mon travail, mais je n'ai pas parlé des humiliations que l'on me fait subir. Il m'eut semblé en être amoindrie devant Jacques.

— Ce n'est guère la vie qu'il vous faut, Nita.

— Et que veux-tu qu'elle fasse, interrompit Thérèse.

Il a haussé les épaules avec un geste vague.

— Au moins, Nita, vous devriez chasser le cauchemar des chiffres, en passant plus agréablement vos soirées. Pourquoi ne voulez-vous plus sortir ?

— Je suis trop fatiguée...

— Mauvais prétexte, fatigue morale qu'il faut dissiper, Voulez-vous Anita, que nous allions voir un prochain dimanche, si le Bois fait ses préparatifs pour recevoir messire Printemps ? Puis, quand cette promenade au soleil nous aura remis un peu en intimité, je vous demanderai la permission de sortir le soir quelquefois avec vous. A Paris, une femme seule est garçon ; il faut vivre en bons camarades.

Je regardai Thérèse. Ses yeux pleins de froideur fixaient son frère et j'y lisais un blâme.

Mais, je ne résistai pas au désir de tendre la main à Jacques et de lui dire.

— C'est entendu, Jacques ; soyez mon allié, aidez-moi à secouer l'ennui et la fatigue qui accablent mon cerveau.

— A votre disposition, ma toute jolie. Pour vous, je me battrai avec... Messieurs les chiffres !

Je suis revenue, heureuse. Un nouveau baiser de Jacques, ayant clos cette soirée. Je me suis couchée tôt pour retrouver dans le sommeil, l'extase de ce baiser demi-réel, puisque Jacques avait lui aussi rêvé de moi, respiré mon parfum. Jacques, mon Jacques, m'aimerais-tu ? Oh ! si j'ai ton amour, je me donne, Jacques, je suis à toi !

10 mars.

Hier, j'ai rencontré, comme souventes fois, le comte de Veneji, chez Mme Vermont. Il était venu la voir hier, samedi, et elle l'avait invité à dîner aujourd'hui, dimanche, afin de nous réunir.

Plus que jamais, j'avais l'intention d'être désagréable, mais cette fois encore il m'a forcée d'abandonner ma réserve par son amabilité, et quand nous avons quitté la table, nous étions deux amis.

Réunis dans le salon, un silence d'hésitation, nous a, un instant, séparés, mais bientôt le comte de Veneji reprit la parole, allant droit au but.

— Savez-vous, mademoiselle Anita, que dès notre première entrevue, vous m'avez fait une impression profonde ! que votre souvenir m'a hanté, obsédé pendant des jours, des semaines, bouleversant ma vieille tête grise.

J'ai souri, de mon sourire railleur qui déconcerte.

— Comte, l'habitude pour vous n'est pas une seconde nature ; car maintes fois déjà vous avez dû dîner près d'une femme... jeune et jolie.

— Oui, certes, mais ces termes généraux *jeune et jolie* cachent bien des diversités... D'ailleurs si les femmes jeunes et jolies sont nombreuses, celles qui sous ces brillants dehors cachent une intelligence et un cœur, ne sont pas légion, et bien rarement j'ai dîné près d'une femme réunissant ces qualités diverses.

— Vous êtes trop aimable, Comte.

— Pas aimable, Mademoiselle, mais franc. Voyons, vous aussi semblez franche, alors avouez que mon jugement sur vous n'est que l'expression de la vérité. Vous devez vous connaître, savoir que vous n'êtes pas une de ces créatures banales qui trop souvent composent ce que l'on appelle le *monde*.

— Oui, Comte. J'avoue que vous avez raison.

— C'est bien. Avec vous au moins pas de minauderie. Cela m'encourage de continuer à vous parler comme on parle à une amie.

Je disais donc que, malgré le ridicule qui s'attache à cette déclaration, tout comme un homme à qui la jeunesse permet les illusions, j'avais rêvé de vous, de votre jolie personne. J'ai même traduit mon rêve à la façon des poètes de vingt ans, en vous dédiant un sonnet, Mademoiselle Anita... Vous souriez ? un poète de soixante ans, cela ne va pas à vos rêves de jeune fille. Qui dit poète, dit idéal, n'est-ce pas ? Jeunesse ! Beauté ! Mais, amie, la vie n'est qu'une éternelle illusion et au seuil de la tombe l'être s'illusionne encore... Vous savez, par nos amis, combien ma vie est demeurée solitaire, combien j'en souffre aujourd'hui. A mon foyer ne règne pas l'illusion, et quand dans mon fauteuil, le soir je rêve au coin du feu, je me sens froid au cœur et suis forcé de reconnaître que j'ai mal compris, que j'ai gâché ma vie. Vous, Anita, malgré votre jeunesse et les espérances qu'elle fait naître, vous devez avoir un peu la même impression en voyant combien de vos rêves ont été détruits... J'ai assez de confiance en la loyauté de votre âme pour, ce soir, venir vous offrir — ce qui offert à toute autre femme que vous, serait une folie — mon nom et une place à mon foyer.

J'ai voulu parler, il m'a interrompue.

— Je sais votre âge et le mien, la différence de notre rêve à tous les deux. Quand je rencontrerai en vous le sublime idéal de la beauté et de la jeunesse, vous ne trouverez en moi que les tristes réalités de la vieillesse. Le Monde, dont le scepticisme flétrit tout, accueillera notre serment de fidélité par un sourire ; moi j'ai tant confiance en l'honnêteté de votre âme que si vous consentez à prononcer ce serment, il fera disparaître les dernières appréhensions de mon esprit, car je sais que vous le respecterez.

Mademoiselle Derville, je fais appel à votre

loyauté. En considérant les joies et les tristesses de l'union que je vous offre, pouvez-vous me répondre en toute sincérité que vous acceptez d'être ma femme ?

J'ai hésité la durée d'un instant, puis serrant la main loyale qu'il me tendait.

— Comte, je vous remercie de l'honneur que vous me faites ; je ne puis que vous offrir mon amitié ; l'amour ne m'appartenant plus. Je vous demande pardon de la désillusion que je vous cause car sachez que si mon imagination était digne de mon cœur, je serais heureuse et fière d'être votre femme... Ne me blâmez pas, mais plaignez moi et demeurez mon ami, mon sincère et loyal ami.

Son visage s'est assombri, cependant sa main a serré la mienne et de sa voix grave et douce, un peu émue, il m'a dit :

— Anita, je vous remercie d'avoir été aussi sincère ; vous êtes digne de la confiance que je vous ai témoignée... Mais, pauvre petite tête folle, à quel abîme allez-vous ?

— A celui que Paris ouvre sous les pas des jeunes filles, Comte.

— Ma pauvre amie, je me doutais un peu de ce secret qu'en vain voulait cacher votre âme fière..

Nous demeurâmes silencieux. Aucun nom n'avait été prononcé entre nous, mais je devinais que le Comte savait le nom de mon amour.

Ma dernière espérance de fortune et de mariage est morte ; adieu luxe ! J'aurais pu tromper un imbécile ou un homme dont la jalousie m'aurait abaissée, m'aurait poussée à donner une cause à ses soupçons, mais tromper le comte de Veneji, cet homme qui s'adressait à ma loyauté, dont j'aurais eu l'estime et la confiance, non, cela jamais ! Paris, tu ne m'a pas encore corrompue à ce point.

2 avril.

Je ne serais jamais que sa maîtresse !... Pourquoi cette pensée effroyable, en une révolte de mon honnêteté, ne m'arrache-t-elle pas du sentier qui mène au gouffre ?... Quand une amoureuse, dans l'indépendance de sa conscience, s'élève au-dessus des préjugés sociaux, pour se donner *librement* à l'homme qu'elle chérit, n'est-elle donc plus une *honnête femme*, capable de fierté, de dévouement, de fidélité ? Si, mais *librement !* c'est-à-dire en acceptant devant le monde toutes les conséquences de son acte, en ne s'abritant pas derrière l'hypocrisie du mariage, et du nom qu'elle a accepté.

J'ai bien fait de congédier le comte de Véneji, c'est *librement* que je veux appartenir à Jacques.

18 avril.

Avril va rendre à la nature
Tout le luxe de sa parure.
A la terre ont souri les cieux.

C'est par une matinée radieuse de ce mois enchanteur, qu'hier je suis sortie avec Jacques. A la porte du Bois, nous descendîmes de voiture, et dédaignant le grand renom de l'allée des Acacias, nous prîmes des sentiers détournés, sentiers des amoureux qui ne connaissent que les roses de la vie. Des oiseaux chantaient au fond des nids à peine abrités par une naissante verdure, et les rayons du soleil qui brillaient à travers la fine broderie des feuilles nouvelles rappelaient les yeux où rit l'amour. Heureuse, appuyée au bras de Jacques, je babillais, m'extasiant à chaque pas.

— Jacques, je n'aurais jamais cru qu'à Paris le printemps pouvait être si beau.

— Moi non plus, répondit-il avec conviction.

— Mais vous les connaissiez, les printemps parisiens ?

— Jamais je ne les ai admirés comme aujourd'hui ; il me semble que je vis le premier printemps de ma vie.

Très émue d'entendre ces paroles qui ressemblaient à un demi-aveu, je gardai le silence, mais mon bras s'appuya avec plus de force sur celui de Jacques. Oh ! la délicieuse promenade, la douce illusion !

Un peu plus tard, nous entrâmes à Armenonville ; nous nous assîmes à l'une des petites tables l'un en face de l'autre, moi soutenant hardiment les regards de Jacques qui ne me quittaient pas. Je me sentais jolie sous le fard que l'air vif avait mis à mes joues. A quelques pas de nous, un vieux, très chic, le monocle vissé dans l'orbitre, me regardait avec une attention qui à la longue devenait de l'impertinence. Je finis par en être gênée. Mes yeux se détournèrent de

Jacques pour se reporter hautains sur celui qui me dévisageait ainsi. Mon compagnon s'en aperçut :

— Que vous veut donc cet homme ? dit-il, les sourcils froncés.

— Je ne sais ; il m'admire sans doute !

— Qu'il vous admire, cela n'est pas douteux, mais qu'il vous le témoigne de cette façon impertinente, je ne le permettrai pas.

— On vous croirait jaloux, ma parole, à votre ton courroucé.

— Ne rendriez-vous pas jaloux les plus indifférents.

— Vous vous classez dans cette catégorie ?

— Hélas, n'est-ce pas celle des amis, de ceux dont l'affection doit être terne et grise, demeurer dans la banalité sans jamais connaître les espoirs, les ardeurs d'une affection plus vraie, de ce sentiment que l'on appelle l'amour.

Un soupir est venu mourir sur ses lèvres. A grand'-peine, j'ai refoulé le flot des paroles qui allaient déborder :

— Pourquoi ? Ne sommes-nous pas libres de nous aimer ? Quels liens étrangers nous retiennent ? quel gouffre nous sépare ? Que crains-tu ? Je t'aime, tu m'aimes ; pourquoi tes lèvres scelleraient-elles sur les miennes le sceau d'infamie ?... Ne puis-je tout te sacrifier ? m'immoler sur ton autel, te faire le don absolu de moi, de ma vie, et payer ces quelques heures d'amour par des années de souffrances. Cette immolation serait-elle une flétrissure et serais-tu coupable de donner la félicité à celle qui la réclame, de faire connaître le bonheur à celle qui l'ignore?... Non, Jacques, tu peux m'aimer; nous sommes libres. Que nous importe le Monde, les Amis, la Famille, toutes ces chimères, ces dieux mauvais, avides des douleurs humaines. Je les repousse, je m'arrache de leurs bras, je me révolte contre leur joug ; je ne connais plus que toi, toi seul!

Mais notre dialogue d'amour s'est borné à ce demi-aveu, et je suis revenue lasse de tant d'efforts pour avancer si peu.

15 avril.

Je médite cette pensée de Goëthe : « Des abîmes nous entourent; mais le plus profond de tous les abîmes est dans notre cœur et un irrésistible penchant nous y entraîne. Arrache-toi à toi-même ! »

20 avril.

Hier, Jacques m'attendait à la sortie de la Banque Bordelaise. J'avais soigné ma toilette ; aussi lors de mon entrée dans les bureaux, les regards envieux de mes compagnes se sont-ils portés sur moi, tandis qu'un murmure désapprobateur parcourait les rangs.

— Où va-t-elle donc ainsi ? Est-ce une toilette pour venir travailler ? Quand on ne gagne que 3 francs par jour, on n'a pas le moyen de s'habiller ainsi.

Et cependant ma pauvre petite toilette se composait d'une jupe de drap très simple, et d'un corsage de soie noir que me permet mon demi-deuil. Il est vrai que je le portais peut-être avec une aisance qu'ignorent ces jeunes filles ayant vécu dans un monde si différent de celui que j'ai connu. Ces critiques sont mesquines ! mais ce sont des piqûres d'épingles qui rendent la vie plus insupportable que les grandes douleurs.

Malheureusement, ce n'était pas tout. Ce matin un groom est venu me prier de monter au Personnel. Je m'y suis rendue aussitôt.

M. Ménard, le chef qui m'avait reçue lors de ma demande d'admission me pria de m'asseoir avec les mêmes façons obséquieuses. Puis de sa voix de chapelain récitant la messe :

— Mademoiselle, me dit-il, j'ai une réflexion pénible à vous faire, mais qu'exige le bon renom de notre maison. Hier au soir, vous avez été vue en la compagnie d'un jeune homme étranger à votre famille, et nous ne permettons à nos employées de sortir avec un cavalier que lorsque celui-ci est un très proche parent. Nous vous prions donc, Mademoiselle, de dire à ce jeune homme de ne plus venir à votre rencontre.

— Mais, Monsieur, ce jeune homme est un ami très intime de ma famille. Ma mère le reçoit...

— Croyez bien, Mademoiselle, que je n'ai jamais soupçonné le contraire ; mais les règlements de notre maison nous interdisent de tolérer ces choses. Il faut vous conformer à ce que je vous dis, sinon vous vous attireriez des ennuis sérieux.

Je n'ai pu m'empêcher de répliquer dans une révolte :

— Comment, Monsieur, sortie d'ici où avec tant de peine nous gagnons juste de quoi ne pas mourir de faim, nous sommes encore sous vos ordres !

— Mais non, vous êtes libre, mais encore faut-il respecter...

Il s'embrouillait dans les phrases, cherchant inutilement une justification à ce système inquisiteur.

Je me suis levée.

— C'est bien, Monsieur, je vous remercie. J'aviserai.

J'avais l'air hautain. Je m'inclinai à peine en prenant congé, tandis que M. Ménard continuait la série de ses saluts obséquieux.

Outrée, à l'heure du déjeuner, je parlai à Georgette de ce rappel à l'ordre. Elle n'en a pas paru surprise :

— Comment, vous ignoriez le régime d'inquisition auquel nous sommes soumises ! Mais, toutes ici nous le connaissons. Dans cette maison existe une police qui ne le cède en rien à celle de l'Etat. En quittant d'ici, nous sommes « filées » ; on sait ce que nous faisons, les personnes que nous fréquentons, nos moyens d'existence ; on interroge nos pipelets ; et vous ignoriez cela !

— Personne ne m'en avait avertie. Cependant, il y en a beaucoup d'entre nous que cette police ne semble pas inquiéter, et cependant...

— Parce qu'elles ont gagné les bonnes grâces des chefs, qu'elles ont acheté leur silence. Le chef de cette police est un jeune méridional pas du tout dédaigneux des grâces du beau sexe. Toutes celles qui

LE SUICIDE

ont eu affaire à lui, le comptent parmi leurs adorateurs. Vous ignoriez tout cela? Comme Paris a besoin de vous vieillir dans l'expérience, ma chère!

L'expérience de la vie, elle est triste et laide!

18 avril

Je veux quitter cette maison, fuir ces visages qu'un masque dérobe, cette injustice qui règne en maîtresse.

Chez Mme Vermont, où je vais mes jours de liberté, j'ai rencontré M. Quero, un député socialiste qui semble s'intéresser à ma détresse. Je vais lui parler.

24 avril.

Toujours l'éternelle histoire! M. Quero m'a reçue dans son cabinet de travail, dont il m'a fait les honneurs avec la plus parfaite amabilité.

— Alors, Mademoiselle Anita, votre situation actuelle est loin de vous satisfaire? Que voudriez-vous?

— Sortir de cet enfer où l'on me torture. Etre employée, comme vendeuse ou caissière dans une autre maison.

— Je vous trouverai cela facilement; je connais tant de monde! Mais, cette vie sera encore bien fatigante, bien monotone. Votre beauté se fanera vite au fond des magasins sans air, sans lumière. Vous méritiez un meilleur sort. Voyons, soyez franche; cette petite tête n'a-t-elle jamais fait un autre rêve?

Devant ces femmes conservées jeunes par le bonheur, rendues belles par le luxe dont elles s'entourent, vous avez dû éprouver un sentiment de jalousie.

— Certes, j'envie les fortunées, car, elles, vivent au moins!

— Tandis que vous, Anita, vous végétez ; vous ressemblez à une créature vivante enfermée dans un sépulcre, à la fleur poussée par je ne sais quel caprice de la nature, au fond du puits infect. La société est bien mal organisée. Est-ce qu'une femme comme vous ne devrait pas briller au premier rang?

Il m'avait pris la main en me parlant ainsi, ses doigts resserrèrent leur étreinte, son bras glissa derrière moi et tenta de me rapprocher de lui.

Il ajouta plus bas, avec, dans la voix, une inflexion très tendre :

— Vous êtes bien jolie, Anita, si jolie que votre vue me trouble, que je me demande si ce sera pour moi un bonheur ou un malheur de vous avoir connue.

— Monsieur!

Je cherchai à me dégager violemment.

— Laissez-moi parler, chère petite. Vous savez combien je suis pitoyable ; tous ceux pour qui la société est injuste trouvent en moi aide et protection. J'ai surtout pitié de la femme forcée de gagner son pain, de lutter contre l'égoïsme masculin ; mais, souvent, je ne la comprends pas. Elle a pour combattre des armes puissantes : sa jeunesse et sa beauté. Pourquoi ne s'en sert-elle pas? Dans la lutte inégale qu'elle doit soutenir contre la misère, tous les moyens sont bons. Ainsi, vous, par exemple, ma chérie, vous êtes adorablement jolie ; si vous le vouliez, vous seriez au premier rang. Pourquoi ne pas accepter une vie de liberté et d'amour !

— Elle cache souvent la douleur et toujours la honte !

— Mensonges que les parents répètent aux jeunes filles pour les effrayer. Anita, croyez-moi, je connais le monde et la vie ; la femme devrait laisser à l'homme le travail qu'elle lui dispute. Ses seules occupations devraient être de se faire belle et d'aimer... Oh ! si vous vouliez !...

Il se rapprocha plus encore, je me levai.

— Monsieur, si j'avais su...

Il m'interrompit :

— Si j'avais su quel charme ensorcelant je découvrirais en vous, j'aurais refusé de vous recevoir. Comme ils sont doux vos yeux ! comme il est gracieux votre sourire ! Votre image maintenant va hanter ma vie...

— Mais, Monsieur, vous êtes marié !

— Oh ! si mal ! Le mariage est une horrible chaîne, ne la passez pas à votre joli cou.

J'en avais assez entendu, ma patience était à bout. J'éclatai d'un rire railleur, insultant.

— Assez de sornettes, Monsieur. La vie de Paris m'a appris une chose ; c'est que l'amour y est prostitué au vice, et pour cet amour là, j'ai le plus profond mépris ; comme je méprise tout ceux qui se cachent sous le masque de la générosité, comme je vous méprise, vous, monsieur le député socialiste ! Moi, je dédaigne le mensonge et en face de vous, près de votre face, je vous répète : Je vous méprise ! — Maintenant, j'espère ne plus avoir l'ennui de vous rencontrer. Je n'ai pas l'habitude de fréquenter des gens de votre sorte ; et mon monde n'a pas l'habitude de les recevoir. Adieu, Monsieur.

Et je suis partie.

Comme les hommes sont lâches ! Ils se font une auxiliaire de la misère pour nous perdre, nous, les femmes demeurées honnêtes.

Il faut reprendre le collier du travail, borner mon horizon à la Banque Bordelaise. Triste !

27 avril.

J'ai raconté à Jacques ma visite à M. Quero et les propos audacieux de ce dernier. En les lui racontant, j'ai obéi à un sentiment bien féminin : celui d'exciter sa jalousie et de lui faire savoir combien j'étais courtisée, combien d'autres que lui me trouvaient jolie. Bien vite, je me suis repentie de ces paroles imprudentes.

Jacques a pâli.

— Comment, il a osé !

Et il serrait les poings avec rage.

— Comme osent tous les hommes, devant une femme sans défense.

— Mais, il vous a rencontrée chez Mme Vermont, il sait qui vous êtes, combien nous avons tous d'affection et d'estime pour vous !... Ah ! il vous croit seule, désarmée, eh bien, il verra si vos amis vous abandonnent.

— Mais, Jacques, vous êtes fou. Ses paroles audacieuses n'ont pas une importance suffisante, pour que vous puissiez lui en demander raison.

— Si, si, je veux. Quero oser !...

— Jacques, je vous en prie !

— Non, Anita, je veux que vous soyez respectée de tous, et surtout de ceux qui savent qui vous êtes, de quels amis vous êtes entourée.

— Jacques, que ferez-vous ?

— J'irai lui demander raison de ses paroles.

— Que dira-t-on ? Quel scandale !

— Aucun. Pour le monde vous ne serez jamais en jeu. La politique, cette année, tient assez du fanatisme pour qu'elle soit la cause acceptable d'une rencontre.

— Vous voulez vous battre Jacques !

— Je veux vous prouver, mon amie, combien profonde est mon affection pour vous.

— Au nom de cette affection, Jacques, je vous prie de renoncer à ces projets. En définitive, cet homme ne m'a pas fait de mal ; j'ai répondu par le mépris à l'audace de ses paroles ; le compte est réglé.

— Non, il paiera l'insulte qu'il a faite, à vous et à vos amis !

— Mais, Jacques pourquoi prenez-vous ainsi ma défense ? Vous n'êtes pas mon seul ami.

— C'est vrai ; mais moi je vous aime *plus* que les autres et *autrement* que les autres.

— Oh ! Jacques, c'est vrai ; vous m'aimez davantage ?

— Oui Nita. Chez eux, l'affection s'appelle l'amitié, chez moi, elle s'appelle... oui, je le crois, vraiment... l'amour !

Je poussai une exclamation et oubliant dans une joie immense, tous mes scrupules, toute ma fierté, je me jetai dans ses bras.

— Jacques, moi, je vous aime tant !

Nous nous étreignîmes passionnément ; mais Jacques se dégagea bientôt.

— Nita, nous sommes des fous, et je suis malheureux que les circonstances actuelles m'aient conduit à vous livrer mon secret. Vous le savez, je ne suis qu'un rêveur, qu'un artiste, et pour ceux-là, plus que pour tout autre, la vie est mauvaise.

Je vais vous parler loyalement, en toute franchise, comme jamais je n'ai parlé aux femmes qui se sont trouvées sur ma route. Votre intelligence, votre cœur me tracent cette ligne de conduite ; elle vous paraîtra franche, tandis que d'autres la trouveraient cynique.

Il m'attira sur le canapé où il s'assit près de moi, gardant son bras autour de ma taille.

— Je sais, Nita, que vous êtes pure, que vous êtes digne de l'affection d'un époux, que l'amour d'un amant est au-dessous de vous. Et vous savez, vous avez dû penser souvent, ma bien chérie, si vous m'aimez, que le rêve du mariage était irréalisable pour nous. Nous ne possèdons aucune fortune, et l'un et l'autre avons des goûts qui ne s'accommoderaient jamais de l'existence que nous ferait notre pauvreté.

Je poursuis l'idéal, chimère qui fuit sans cesse, mais qu'ici et là, revêt une créature terrestre de son auréole de lumière, — si vite éteinte ! — et attiré par cette clarté j'y cours, et ne trouve que le vide, la nuit.

Je suis l'amant du rêve, Anita, il me semble que je serais le vôtre éternellement, que la vie ne serait jamais assez longue pour assouvir ma soif d'adoration, que vous êtes assez belle, assez intelligente, pour demeurer là toujours aimée... mais... je connais la fragilité de notre nature, je sais ce que dure la violence de ce sentiment qu'est l'amour, de ce sentiment qui est ma vie, qui seul la remplit. L'amitié est une veilleuse ; l'amour un éclair ; la lueur est plus brillante, mais si rapide...

Moi qui, jusqu'ici, n'ai guère connu le scrupule, je le sens naître en face de vous. Je sais que je ne peux me charger de votre vie, et je ne veux pas vous entraîner là où je ne pourrais vous accompagner longtemps, là où le bonheur n'a pas de lendemain.

— Il n'est pas besoin de m'y entraîner, je puis vous y suivre. J'ai depuis longtemps dépassé l'âge où les enfants n'ont pas conscience de leurs actes. Je suis une femme maintenant capable de raisonner, de diriger ma vie.

— Chère petite, en face de l'amour, nous sommes tous des enfants.

— Si vous m'aimiez vraiment, Jacques, vous ne

raisonneriez pas ainsi, Tout s'incline devant la force du sentiment souverain.

— Hélas !... et j'ai peur que nous subissions la loi commune. Ce soir, j'ai ma raison, demain l'aurai-je encore ? Demain, ne vous supplirai-je pas à genoux de vous donner à moi, vous jurant un éternel amour ? Anita, écoutez-moi et croyez-moi. La possession tue l'amour ; l'*après* ne vaut pas l'*avant*.

— Alors, que voulez-vous faire ? Garderons-nous cet amour au fond de nos cœurs, comme un secret que nos lèvres n'oseront murmurer, et vivrons-nous ainsi dans une intimité qui suppliciera nos deux chairs ? Jacques, je suis horriblement jalouse de ces femmes qui reçoivent vos caresses et qui peuvent vous adorer librement... comme moi je vous adore en secret,

Et je laissai tomber ma tête sur son épaule.

Nous étions seuls, dans le salon, Thérèse n'étant pas encore de retour. Une lampe voilée de bleu distillait une clarté très douce, presque mystérieuse et nous demeurions là, appuyés l'un contre l'autre, mes cheveux bruns à la hauteur de ses lèvres, il les effleurait de temps à autre, d'un baiser léger qui semblait avoir crainte de devenir une brûlure

Et je me laissais emporter dans ce rêve mi-réel, heureuse comme je ne l'avais jamais été. Dans l'ombre, mon visage devait rayonner d'extase.

Nous entendîmes des pas dans le corridor ; c'était Thérèse qui rentrait. Nous nous redressâmes brusquement ; la porte s'ouvrit. Sur le seuil, Thérèse nous contempla un instant soupçonneuse ; mais Jacques avait retrouvé tout son calme. Sur ses lèvres,un railleur sourire se jouait.

— Sœurette, je m'acquitte en parfait gentilhomme de mes devoirs de maître de céans ; *qu'ils viennent à moi ceux qui pleurent et je les consolerai.* Anita est arrivée triste selon son habitude, vois maintenant si elle a l'air heureux.

— Oh ! oui j'étais heureuse, et je le suis encore, car je fais fi de tes scrupules, Jacques, tu m'aimeras !

28 avril.

J'ai raconté à Georgette la scène d'hier au soir. Elle a paru surprise :

— Et il ne vous a pas prise ! Le rôle de Joseph lui convient-il donc ? — Une femme s'offre, et il la refuse ! Mais il a été idiot, votre Jacques !

J'étais froissée de la franchise brutale de mon amie.

— Il m'estime, il m'aime, et ne veut pas briser mon avenir.

— Phrase de roman, ma chère Anita ; scrupule qu'ignore le véritable amour. Votre Jacques n'est qu'un égoïste qui désire que sa maîtresse ne lui cause aucun ennui. A la primeur de la vierge que vous lui offrez , il préfère la sécurité de la femme mariée. Il a scrupule de vous prendre maintenant, il n'en aura pas plus tard, quand l'adultère constaté pourrait vous jeter hors du foyer conjugal, hors de la société. —

Il n'a pas osé vous dire : « Mariez-vous, et je serai votre amant. » Il a espéré que vous le comprendriez et que ces belles paroles d'estime, d'abnégation voileraient la hideur du marché qui précédera vos amours. Je n'aime pas, moi, la catégorie des amants de cœur ; l'époux doit nourrir sa femme, et l'amant entretenir sa maîtresse.

— Taisez-vous, Georgette, je vous en prie ; vous me faites mal. Moi qui étais si heureuse hier au soir !

— Ma petite amie, les meilleures choses de la vie apportent avec elles une désillusion. Voilà un conseil, un conseil très sage, venant d'une femme qui connaît la vie et les hommes : — Mariez-vous, et si le cœur vous en dit toujours, payez-vous sans scrupule le béguin de Jacques. L'amant et le mari appartiennent à la même catégorie.

— Vous devenez cynique, Georgette. Que devient donc votre ménage ?

— Insupportable comme tous les ménages. Mon mari s'est épris d'une petite grisette rencontrée je ne sais où, et il dépense avec ses nouvelles amours, l'argent qui donnait le bien-être à la maison.

— Et vos belles théories d'antan ?

— Je n'ai pu encore les mettre en pratique, parce que l'occasion m'a manqué. Les amants de cœur, moi j'en fais fi ; et si je prends un amant, il faudra qu'il m'entretienne.

Je l'ai quittée sentant qu'un abîme séparait nos cœurs.

1er mai.

M. Octave de Siamère ! un nom que je n'ai jamais écrit ici, comme ma pensée n'a jamais évoqué le souvenir du triste personnage qui le porte. Ce nom se rattache à mon passé ; c'est celui d'un de mes adorateurs du temps jadis, du temps où fille d'un riche banquier, j'étais l'un des plus beaux partis de la ville.

Octave de Siamère était le dernier descendant d'une vieille famille normande, ses aïeux se perdaient dans la nuit des temps. Les comtes de Siamère en étaient tous très orgueilleux, mais leur unique rejeton n'avait hérité ni de la haute taille, ni de la fierté d'esprit, ni de la noblesse de cœur de ses illustres ancêtres. C'était, quand il me fut présenté, à Cabourg, au Casino, un maigre et chétif garçon de vingt-six ans. En lui, se révélaient tout de suite, l'irrésolution de son esprit, l'imprécis de ses sentiments. Il était petit, mince, pâle, châtain, ses yeux étaient d'un bleu vague, inexpressifs.

Par contraste, il s'éprit vite de mes cheveux bruns, de mon teint rose, de mes yeux noirs, de toute ma personne décelant une nature intelligente, énergique, enthousiaste. Il devint mon chevalier servant, m'imposa sa présence, sans scrupule de me gêner. Aux parties de croquet, il fut mon partenaire, au bal mon danseur, à la promenade, mon cavalier. Comme mon ombre, il me suivit partout, et ce garçon qui, réservé, m'eût été indifférent, par ses assiduités me devint insupportable. Bientôt je n'eus pour lui que mauvaise humeur, paroles railleuses, impolitesses. Il supporta tout avec une telle patience, une telle indifférence, que je finis par me demander s'il entendait, voyait, comprenait.

Revenue de villégiature, je le retrouvai à Rouen, où sa famille occupait l'un des plus beaux hôtels de la ville. A tous les « vendredis » de ma mère, j'apercevais son incertaine silhouette dans un des coins du salon; au bal, le premier danseur qui s'inclinait devant moi était lui; au théâtre la première lorgnette qui se braquait sur ma personne était la sienne.

Quand survint la ruine, bientôt suivie du suicide de mon père, « mon ombre » ainsi avais-je fini par l'appeler, s'éclipsa tout à coup; comme à ses yeux, en face de cette catastrophe, s'étaient éclipsé ma jeunesse et ma beauté.

Nous ne le revîmes plus. Il n'eut même pas la politesse de son monde. Il semblait croire qu'à mon tour, j'allais le persécuter pour obtenir son nom et sa fortune et il disparut de notre vie sans un mot de pitié pour notre grande douleur. — Combien, d'ailleurs l'ont imité !

Aussi n'avais-je plus jamais songé à lui, quand ce soir en quittant le boulevard pour m'engager dans la rue Le Peletier, ma route habituelle, j'aperçus « mon ombre » qui me suivait.

Je me détournai et reprenant l'air hautain que j'avais autrefois quand j'apercevais l'ennuyeux personnage :

— Tiens, vous ici ! Monsieur.

— Oui, mademoiselle, et très heureux de vous revoir.

— Vous auriez pu goûter ce bonheur plus vite, Monsieur. Si, lors de notre malheur, vous n'eussiez fui notre maison comme on fuit celle des pestiférées, vous auriez su ce que devenait la vie des deux malheureuses dont vous vous étiez dit l'ami et vous ne seriez pas forcé de m'aborder aujourd'hui, dans la rue, comme le feraitle premier malotru venu.

Son teint a blémi.

— Vous êtes dure, Mademoiselle. Si je ne vous ai pas revue avant votre départ, c'est que je ne savais... c'est que je n'osais...

— Vous avez bien su, alors que j'étais la fille du riche banquier Derville, m'imposer votre présence, vous avez bien osé me poursuivre de vos protestations de dévouement, alors que vous saviez que je n'avais que faire de ce sentiment. Heureusement, Monsieur de Siamère que je n'ai pas fait appel à votre générosité lors des douloureux événements qui ont bouleversé ma vie.

— Mais Mademoiselle, ces protestations de dévouement, je viens vous en renouveler l'expression, cette amitié je viens vous l'offrir.

— C'est un peu tard, Monsieur ; mon amitié, si j'en ai eu jamais pour vous, est morte depuis longtemps.

Un silence suivit.

Il marchait toujours à mes côtés ; embarrassé pour

reprendre une conversation dont le début avait été si déplorable pour lui.

— Oui, Mademoiselle, je vous ai beaucoup aimée... quand est arrivée la catastrophe, je vous ai beaucoup plainte, mais... il m'a fallu songer... au monde... à ma famille... enfin, j'ai tâché de vous oublier. Cela a été difficile ; je croyais y être parvenu, mais depuis que je vous ai revue, je sens que tout est à recommencer.

— Pour vous faire persévérer dans votre prudente résolution, songez, Monsieur, que la situation est la même qui vous a effrayé jadis. Je suis toujours la fille d'un suicidé et de plus, complètement ruinée ; pour vivre, je suis forcée d'avoir recours au *travail*, grand déshonneur pour le descendant des *Rois Fainéants !*

Je scandais chaque mot ; comme avec une lame j'en frappais cette âme veule, dont la sottise et l'égoïsme m'avaient si profondément blessée. Puis, ayant achevé ma phrase, j'eus l'inclinaison de tête avec laquelle on congédie un valet et traversant la rue, j'abandonnai mon ex-amoureux.

5 mai.

Je croyais en être à jamais débarrassée, ne plus voir cette silhouette incertaine déteindre sur la mienne, mais ce soir, en revenant, au même endroit que l'autre jour, je l'ai retrouvé.

— Mademoiselle !... et sa voix implorait.

— Monsieur !... la mienne foudroyait.

— Mademoiselle, pardonnez-moi si je vous ai offensée.

— Je crois avoir pris ma revanche, Monsieur. Il est vrai que nos deux cœurs doivent avoir des blessures différentes, et qu'ainsi jamais entre nous le compte ne sera définitivement réglé.

— Ecoutez, Mademoiselle, malgré la rigueur que vous me gardez, je vous aime toujours très profondément... Vous savez que je suis riche, très riche... que je puis vous donner une vie égale en bien-être à celle que vous aviez autrefois... et que je vous chérirais.

— Vous feriez de moi votre femme ?

Il rougit, balbutia :

— Oui... un jour... plus tard, quand le monde... quand mon père...

— Alors, Monsieur de Siamère, vous me proposez tout simplement d'être votre maîtresse ?

— Mon amie, Mademoiselle, une amie que j'adorerais et pour laquelle j'aurais la plus profonde estime.

— *La plus profonde estime !* ces paroles, Monsieur, ne sont pas de force à relever la bassesse de votre proposition... Je dédaigne de vous exprimer le mépris qu'elle m'inspire... votre cœur ne le comprendrait pas... Je ne suis pas à vendre, Monsieur le Vicomte, et je préfère le travail, à la prostitution que vous m'offrez. Vous avez raison, Monsieur de Siamère, nous n'appartenons plus au même monde et l'un se dégrade dans la compagnie de l'autre.

Je saluai et le quittai. J'étais blême de rage. Cet affront dépassait tous ceux que j'avais encore subis.

Etre sa maîtresse ! à lui ! lui, que j'ai toujours méprisé ! qui ne m'a inspiré que raillerie, que dégoût ! Oh ! M. de Siamère, M. de Siamère, qu'imaginez-vous donc que le malheur ait fait de moi ! Oui, je vous hais ; je vous hais, comme je n'ai jamais haï personne et je voudrais me venger car mes paroles n'ont pas été assez dures, mon mépris assez grand !

8 mai.

A l'instant, je reçois cette lettre :

« Mademoiselle,

« J'ose encore vous adresser cette lettre. Je veux vous demander humblement, très humblement pardon, de l'injure que je vous ai faite l'autre soir. J'ai agi en insensé. Je vous aime et je vous ai blessée. Pardonnez-moi et permettez-moi de guérir cette blessure. Je vous aime trop maintenant, pour me laisser intimider par le monde et mon père. Je vous aime au-dessus de tout, et si vous consentiez à m'aimer, j'aurais assez de force pour vaincre tous les obstacles qui se dressent entre nous. Je vous demande de bien vouloir être ma femme ; vous êtes absolument nécessaire à mon bonheur.

« La fortune de ma mère m'appartient. Elle est suffisante pour me permettre de continuer ma vie luxueuse et vous la faire partager.

LE COMTE
DE SIAMENE.

« Mademoiselle Anita répondez-moi, pardonnez-moi.

« Octave de Siamère. »

Eh bien, oui, j'accepte. Ce nom que vous avez refusé de donner à la fille pauvre que j'étais devenue, je le traînerai dans la boue de l'adultère. Il sera ma planche de salut. Ton lâche amour servira à la vaillance du mien. Tu me sacrifieras ton père et le monde, moi je ne te sacrifierai pas Jacques, et ce ne sera plus le préjugé qui nous séparera, mais un amant. La vicomtesse de Siamère sera la maîtresse du peintre Jacques Régnier ! !

Et je réponds :

« Venez demander à Mme Derville, la main de sa fille ; elle est autorisée à vous l'accorder. »

« Anita. »

20 mai.

Je tâche de ne plus penser. Il me semble nager dans l'infamie ; pour ne pas voir la boue qui s'étend devant mes pas, je marche les yeux levés vers la vision radieuse de mon amour.

Pour la *Patrie*, les hommes s'entretuent, les mères livrent leurs enfants à la mort.

Pour l'*Amour*, j'étoufferai tous les sentiments loyaux de mon âme et je livrerai mon corps à la prostitution du mariage riche.

28 mai.

J'ai fait connaître la nouvelle de mon mariage. Thérèse m'a répondu froidement :

— As-tu trouvé l'amour ou y as-tu renoncé ?

— J'ignore... je n'ai pas le temps de songer, je suis comme le naufragé qui aperçoit une épave sur les flots. Il ne sait si elle sera le salut, mais il la saisit pour momentanément éloigner la mort.

— Alors, que la destinée s'accomplisse ! Puisses-tu être heureuse !

Mme Vermont, elle, m'a sincèrement félicitée.

— Enfin, petite, vous vous êtes décidée à être une femme pratique et intelligente. A la bonne heure, vous voilà maintenant une vraie parisienne. Alors la jeunesse d'Octave de Siamère a eu le don de vous émouvoir davantage que la cinquantaine du comte de Véneji ? il vous plaît ce petit vicomte ?

— Pouvez-vous le croire !

— Non ? très bien, alors ; vous voilà dans le mouvement. Bravo, Anita, bravo !

J'étais froissée que l'on eût pu croire un instant que j'étais éprise de cet imbécile d'Octave. Je répétai :

— Non, je ne marie pas par amour. Mon intelligence peut-elle sympathiser avec celle de M. de Siamère ?

— Pourquoi pas ? Il est très bien ce garçon ! Il a un beau nom, une taille élégante, il sait se taire à propos, c'est un meuble, qui ne déparera pas du tout votre salon, Madame la Vicomtesse. Puis elle insinua :

— Peut-être aimeriez-vous mieux l'esprit de Jacques ? Pour votre bonheur, vous auriez tort, ma chère. Enfin, vous verrez plus tard ; car vous savez, je crois que Jacques qui déjà trouvait très bien, Anita Derville, trouvera cent fois mieux, la vicomtesse de Siamère. Il va vous faire une cour en règle, vous allez voir.

Georgette, elle, m'a dit avec sa franchise habituelle

— Alors vous ne l'aimez pas et vous acceptez le mari pour prendre l'amant ?

— C'est vrai, mais je n'ose me l'avouer.

— Pourquoi avez-vous accepté M. de Siamère plutôt que M. de Véneji ? Le monde vous eût davantage été indulgent.

— Parce que le comte a su m'inspirer de l'estime, tandis que le vicomte m'a inspiré du mépris ; parce que l'un est un homme d'esprit, l'autre un imbécile.

— Et la bêtise est ce que la femme pardonne le moins à l'homme. L'amour oublie la laideur, la brutalité, la méchanceté : la bêtise, jamais ! D'ailleurs n'ayez donc pas de scrupule. Siamère a sans doute dans son passé, plus d'une lâcheté à se reprocher vis-à-vis des femmes. Il a eu des maîtresses, qui sait de quelles façons plus ou moins malpropres, il les a quittées ? S'il vous épouse, ce n'est pas par bonté, mais par égoïsme, parce que vous êtes utile à son bonheur, et qu'il n'a pu vous avoir autrement. Trompez-le avec Jacques, mais méfiez-vous de votre cœur. Nous n'avons jamais le leur, ne confions jamais le nôtre.

15 mai.

Hier, seulement, j'ai revu Jacques depuis l'aveu de notre amour. Il connaissait la grande nouvelle, car sa physionomie avait une expression d'inquiétude inhabituelle. Comme nous ne pouvions nous isoler assez longtemps pour une causerie explicative, je lui ai dit simplement :

— Jacques, je désire vous parlez. Voulez-vous dimanche prochain, venir me chercher de bonne heure, le matin.

Il s'est incliné froidement.

— A neuf heures, je serai chez vous.

28 mai.

Quand Jacques est monté ce matin, pour la première fois, ma mère est sortie de son apathie habituelle pour me faire une observation :

— Anita, tu devrais te souvenir que tu n'as plus la même liberté qu'autrefois. M. de Siamère a le droit de s'offusquer de tes façons d'agir. S'il te rencontrait avec Jacques, cela pourrait être loin de lui plaire.

— Si M. de Siamère doit être un mari despote, je renonce à être son épouse. D'ailleurs, je n'ai pas l'intention de continuer mes promenades avec Jacques. Aujourd'hui, c'est la dernière... l'adieu.

En prononçant ces paroles je regardai Jacques qui pâlit.

Une voiture nous attendait ; nous y prîmes place,

et nous nous éloignâmes après avoir donné au cocher la vague adresse du Champ-de-Mars.

A peine le cheval avait-il fait quelques pas que Jacques baissait les rideaux et saisissant ma tête dans ses mains, la couvrait de baisers.

— Nita, Nita est-ce vrai que ces baisers sont des baisers d'adieu, que mes paroles de l'autre soir vous aient assez effrayée pour que tout de suite vous ayez pris une résolution qui nous sépare à jamais ? Depuis que j'ai appris ce projet de mariage, je suis horriblement malheureux, je ne croyais pas tant vous aimer.

— Jacques, avez-vous donc oublié l'aveu de mon amour? et croyez-vous que j'aie renoncé pour toujours à vous ? Croyez-vous que le Vicomte pourra vous remplacer dans mon cœur et que mes lèvres n'auront plus jamais soif des vôtres.

Une à une, la bouche de Jacques buvait ces paroles sur la mienne.

— Jacques, vous ne pouvez être mon époux et le vicomte de Siamère me le propose. Il me donnera le titre, le rang, le luxe, vous me donnerez l'amour... Oui, Jacques, j'ai fait ce rêve ; vois si je t'aime ! Tous les sentiments qui naissent de la conscience et du devoir, je te les immole, Jacques, j'abdique tout pour toi, jusqu'à ma loyauté, jusqu'à mon honneur ! J'aurai un époux, Jacques, mais toi, tu seras mon amant. *Amant* comme ce mot est doux ! Comme nous nous aimerons !

Jacques était comme ivre. Il me tenait serrée

contre lui en une étreinte qui semblait vouloir me broyer :

— Je t'aime ! Je t'aime ! Je t'aime ! répétait-il en me couvrant de baisers, et je t'aurai toute, toute. Tu n'aimeras que moi, dis mon aimée, et tu ne seras qu'à moi dans la joie et dans l'amour.

La voiture allait s'arrêter ; Jacques donna au cocher un ordre bref, et elle continua sa route, nous emportant dans les bras l'un de l'autre, à jamais unis dans notre amour.

5 juin.

Officiellement, je suis la fiancée de Monsieur de Siamère, mais mon cœur connaît d'autres fiançailles ! Mon attitude est devenue parfaitement correcte : j'ai renoncé à mes promenades avec Jacques, j'ai donné ma démission de la Banque Bordelaise, je ne quitte plus ma mère et c'est sous son égide que M. de Siamère vient me faire sa cour.

Le père a refusé son consentement ; nous nous en passerons. Siamère a acheté dans le quartier des Champs-Elysées, un petit hôtel qu'il fait splendidement meubler. De plus, il possède de vastes terres à Terville, en Normandie.

Mon attitude vis-à-vis de lui est d'une dignité froide qui ne permet guère les grandes effusions, mais elle est bien dans la note du « monde » auquel il appartient.

Souffrir ce garçon près de moi, recevoir ses baisers et plus tard ses caresses, c'est le plus horrible des sacrifices que je puisse faire à mon amour.

Jacques et moi gardons vis-à-vis l'un de l'autre une grande réserve ; pas un baiser, pas une parole d'amour, ne sont échangés entre nous. Nous paraissons vouloir oublier la trahison que nous préparons et en faire, plus tard, l'œuvre du hasard.

Je n'ai plus aucun remords, seulement du dégoût et je le reporte sur cette société qui comprend si mal la liberté, la moralité et l'amour.

26 juin.

Je désirais une nouvelle excuse, un nouveau grief à mettre sur le compte de M. de Siamère. Il est venu s'offrir à moi.

Ce matin, le courrier m'a apporté la lettre suivante :

« Mademoiselle,

« Je vous sais la promise de M. Octave de Siamère, moi, j'ai été sa maîtresse. Je vous demande pardon de vous entretenir de ces choses, mais j'espère, Mademoiselle, que vous aurez pitié de moi. J'étais domestique chez M. le Comte, son père. L'an dernier, M. Octave m'a séduite. J'étais pourtant honnête, je vous le jure, Mademoiselle. Mais il était si grand monsieur auprès de moi, que j'ai été éblouie et que je lui ai cédé. D'ailleurs il m'avait promis, non pas de m'épouser, je savais que cela n'était pas possible, mais de toujours m'aimer et de ne jamais me laisser manquer de rien.

« Trois mois après j'étais enceinte. M. de Siamère devant cet ennui voulut m'abandonner, refuser la paternité. Il demeura inaccessible à mes supplications, mais je le menaçai de scandale, et il eut peur. Je dissimulai ma grossesse jusqu'à six mois, puis il me fit quitter Rouen, me conduisit à Paris, dans une maison où l'on devait me garder jusqu'à mon accouchement et me soigner jusqu'à mon rétablissement. Mon enfant, un garçon, fut confié à une nourrice des environs d'Orléans et grâce à un certificat donné par M. Octave je retrouvai une place. Mais ma santé a été détruite, je suis toujours malade et ne peux guère travailler. Et voilà deux mois, depuis vos fiançailles, Mademoiselle, que je n'ai reçu aucun secours aucune nouvelle de M. le Vicomte La nourrice menace de me renvoyer mon enfant. J'ai écrit à M. Octave, je n'ai pas eu de réponse ; j'ai recours à vous, à votre bonté, à votre pitié.

« Je ne ferai aucun scandale pour votre mariage, mais je vous en prie, ne laissez pas mon enfant mourir de faim.

Rose DURAND.

« 104 rue des Pyrénées. »

Non, pauvre fille, je ne te laisserai pas mourir.

Toi aussi, tu as aimé jusqu'au complet sacrifice de toi-même. La vicomtesse de Siamère saura payer la dette de son mari.

M. le Vicomte, vous seriez amoindri d'avoir Jacques comme rival, tandis que vous m'avez donné pour me précéder dans vos amours, une servante, et que de cette femme vous avez eu un enfant qui pourrait appeler les miens, ses frères ?

Qu'avez-vous donc fait de votre orgueil ? — Il est vrai que cette chair-là n'est que chair de souffrance, destinée à être la cause du plaisir et non à le partager ; que l'enfant issu de cette union n'est le fils que de la pauvre créature qui est sa mère, et non le vôtre car son sang de roturière et votre sang bleu ne peuvent courir mêlés dans ses veines, comme vos chairs ont été mêlées dans l'acte de l'amour.

M. de Siamère, ce soir, je vous rappellerai cette dette oubliée par l'égoïsme sur le grand livre de la conscience.

27 juin.

Hier soir, dans le petit salon, avec l'intimité, plus étroite que nous laissait l'absence momentanée de ma mère, j'ai dit à M. de Siamère :

— Voici une dette que vous avez sans doute oubliée ? et je lui tendais la lettre de Rose Durand, d'où j'avais effacé l'adresse.

Il a paru surpris.

— Comment, une dette ?

— Oui, veuillez en prendre connaissance.

Il a parcouru la lettre en pâlissant.

— C'est une infâmie, a-t-il murmuré.

— A votre compte, Monsieur.

— Vous ajoutez foi aux dires de cette fille ?

— Certes, car ils sont l'expression sincère de la

vérité. Elle a eu raison de s'adresser à moi, je paierai votre dette, Monsieur mon mari.

— Anita !

— Monsieur de Siamère !

— Cela ne vous regarde point et je vous demande pardon de l'importunité de cette fille... Quand on est jeune homme, on a le droit de s'amuser, n'est-il pas vrai ?

— On n'a jamais le droit d'être un malhonnête homme, Monsieur.

— Comme vous êtes sévère, Anita !

— Vous avouez ? — Si oui, Monsieur, mettez-vous en mesure de me procurer les moyens de donner du pain à votre enfant. Je compte que demain vous m'enverrez 100 francs pour lui, et que chaque mois, sa mère pourra disposer d'une pareille somme pour le nourrir et l'élever. Je vais en prendre l'engagement pour vous.

— Je vous les promets, Anita, et j'admire votre bonté ; mais de grâce ne ramenez jamais entre nous ce pénible sujet.

— C'est bien, Octave, j'agirai envers cette malheureuse, comme vous auriez dû agir, et nous n'en parlerons plus.

Et ce matin, j'ai envoyé à la pauvre Rose, les 100 francs qui sauveront la vie de l'enfant de mon fiancé.

6 juillet.

Enfin, je connais le secret qui a brisé le cœur de Thérèse.

Un événement est venu bouleverser sa vie, réveiller son âme, la forcer à parler.

Hier, ma mère, mon amie, Siamère et moi sommes allés passer ce beau jour d'été dans les bois de Brunoy.

Malgré l'absence de Jacques, la journée avait été charmante.

Nous nous étions grisés de soleil et d'air pur, Thérèse elle-même semblait plus vivante ; une ou deux fois je l'avais vu sourire.

Sur le quai de la gare, le soir, très tard, comme nous allions prendre le dernier train, un groupe de trois hommes jeunes et élégants se trouva près de nous. A peine, Thérèse les eut-elle aperçus qu'elle pâlit affreusement ; puis comme le train s'arrêtait, elle y monta en chancelant et s'effondra sur la banquette, la tête dans ses mains, secouée par des sanglots convulsifs.

Nous nous empressâmes autour d'elle ; mais à toutes nos questions, elle ne répondit pas.

A la gare de Lyon, elle découvrit son visage noyé de larmes et, dans la foule des voyageurs, sembla chercher la vision qui l'avait bouleversée ; puis elle secoua la tête avec découragement, en murmurant :

— J'ai rêvé ; ce ne peut être lui !

Dans la voiture, je m'assis près d'elle.

— J'irai te reconduire, lui dis-je, et je demeurerai cette nuit près de toi. Confie toi à mon amitié va, ma pauvre Thérèse, je t'aime assez pour mériter de connaître entièrement la vie de ton cœur. Il existe des instants d'égarement et aussi d'épouvantables douleurs, je le sais et n'en serai pas étonnée, c'est la loi commune, ma pauvre amie.

Elle aquiesça en me serrant la main.

Une demi-heure plus tard, assise côte à côte sur le divan où j'avais reçu les baisers de Jacques, j'entendais la triste confession de mon amie.

Sa froideur habituelle s'était fondue en une douleur horrible qui bouleversait ses traits et la secouait de sanglots qui semblaient vouloir déchirer sa poitrine, briser son cœur. Elle parlait d'une voix âpre, saccadée.

— Nita, cet homme qui m'est apparu à Brunoy, ou plutôt cette vision du passé qui tout à coup s'est dressée devant moi, c'est celle de mon amant que j'ai trahi et qui s'est tué...

Toi, tu l'ignores, comme les autres, continua-t-elle, mais il y a du sang dans ma vie, il y a une mort dans mon passé. Thérèse, la femme que tout le monde estime a trahi, et sa trahison a tué !

J'essayai de calmer son exaltation.

— Tu exagères, mon amie, ou si tu l'as fait, c'est involontairement ; tu as été l'instrument, mais non la volonté qui a dicté cet acte, puisque tu le pleures depuis si longtemps et qu'il est pour toi, un éternel remords.

Elle éclata d'un rire déchirant, presque sauvage.

— Oui, dit-elle, j'ai cru me sacrifier au bonheur de mon frère, de cet enfant que ma mère en mourant m'avait légué ; je me suis offerte en holocauste à la souffrance et c'est *lui*, *lui* que j'aimais pardessus tout qui a souffert, jusqu'à en mourir !

— Pauvre Thérèse, je comprends tes larmes et ton désespoir. Tu as aimé, tu t'es donnée ; mais à côté, tu as trahi en te vendant. D'une part, la pauvreté et l'amour, de l'autre, l'argent et l'ignominie. Il t'a fallu vivre ces deux vies horribles.

Thérèse sembla plus calme après l'aveu que je venais de faire à sa place. Plus doucement, elle reprit :

— Tu m'as compris, Anita, c'est là mon passé. Seule à Paris, sans amis, sans ressources, un frère à ma charge, j'ai cherché du travail, tu sais par toi-même ce qu'il est difficile à trouver, ce qu'il rapporte. J'ai connu la misère profonde : j'ai dîné certain soir avec un morceau de pain, et l'hiver près d'un foyer sans feu. J'ai lutté jusqu'à la fin, jusqu'à ce que la misère ait atteint à son tour l'enfant qui était mon frère. Alors, vois-tu, découragée, comme tant d'autres, je me suis abandonnée aux flots, je me suis offerte comme victime expiatoire au mauvais Destin, à la Misère, à tous ces pouvoirs occultes et mauvais qui rôdent autour de nous dans le mystère de la vie. Pour défendre mon frère, je me suis livrée.

Celui auquel le malheur m'immolait était un homme riche qui, connaissant ma situation, depuis longtemps l'escomptait. Chef d'une des plus grandes maisons de

Paris, il m'offrait chez lui une place importante, me permettant de vivre largement ; mais il me fallait la payer de ma personne. J'acceptai ; je devins sa maîtresse.

Je croyais avoir désarmé le malheur ! Non. Indigne, je rencontrai l'amour, sous les traits de Jean Devières.

Nous semblions de tout temps avoir été destinés l'un à l'autre.

Du premier instant, nous nous aimâmes follement et tout de suite, Jean me demanda d'être sa femme. Juge de ma douleur !

— Non, lui dis-je. Prends-moi telle que je suis. Je me donne. Nous n'avons besoin de personne autre pour nous aimer. Que seraient les liens de la loi, auprès de ceux de notre amour ! Aimons-nous librement, en toute confiance.

Et dans un instant d'ivresse, je lui appartins. Quand je me réveillai, j'envisageai l'effroyable réalité.

Jean était pauvre. Il finissait ses études de droit avec une modeste pension qu'à grand'peine lui faisait sa mère veuve. Moi je tenais mon pain de celui à qui je m'étais vendue. Que faire ? Confier tout à mon ami ? — Hélas, quelle douleur pour lui, puisque son amour ne pouvait rien pour moi ! — Non, il fallait attendre, garder pour moi l'affreuse torture et tenter des efforts désespérés pour y mettre fin — Oh ! l'horreur de ces jours ! Trahir celui que j'aimais au-dessus de tout ! Sortir des bras de l'autre, le dégoût aux lèvres, la haine au cœur, se sentant un peu plus infâme. Maudire un être et recevoir ses caresses ! en adorer un autre et le trahir !

Nita, depuis j'ai bien souffert, mais jamais autant que pendant ces horribles jours.

Cependant, j'espérais arriver enfin à m'affranchir.

Le naufrage vint avant que je n'arrivasse au port.

Je sortais pour la dernière fois peut-être, des bras de celui que je haïssais, quand un télégramme me parvint.

« Venez comtempler votre œuvre ! Si en face de vous, mes lèvres glacées ne peuvent plus vous dire votre crime, sachez qu'elles se seront closes sur une malédiction pour l'infâme que j'aimais tant et qui me trahissait.

« JEAN »

Je crus devenir folle. Je courus chez mon ami, j'entrai dans cette chambre où nous avions vécu tant d'heures d'ivresse, et je tombai inanimée devant le corps de mon amant.

— Il était mort ?

— Il s'était tué, d'un coup de couteau au cœur. Je ne sais plus ce qui se passa. On m'emporta, frappée d'une congestion qui pendant un mois me tint entre la vie et la mort. Quand je repris connaissance, je m'informai de Jean. Une lettre de sa mère, lettre de malédiction, m'apprit sa mort... Une seule personne a connu cette triste histoire : le Dr Marvis, qui m'a soignée et forcée d'accepter la lourde tâche de survivre à cette catastrophe.

Je n'ai jamais revu l'homme dont la cupidité pour ma chair, avait été la cause de tout ce mal.

Je n'ai rien su de Jean, je ne sais même pas où il repose... Mais, depuis, je vis en compagnie de son ombre. Les morts qui voient les cœurs, doivent comprendre bien des choses: Jean a dû me pardonner!

A bout de forces, elle laissa tomber sa tête sur mon épaule et se tut.

Un moment, je respectai son silence plein de songes, puis j'interrogeai doucement :

— Mais cette vision que tu as eue hier au soir ?

— Quel spectre a surgi soudain du passé ! Quelle affolante ressemblance s'est dressée devant moi. J'ai cru que c'était lui ! lui vivant, quand je le pleure mort !

— Et si cela était ? Es-tu bien sûre de sa mort ?

Elle se leva toute droite, pâle comme une apparition.

— Oh ! si c'était ! S'il me fallait quitter le doux fantôme qui vit avec moi, qui me console par son pardon et son amour, pour le retrouver, lui, vivant et implacable ! Non ! je ne pourrais plus vivre. Nita, par pitié, laisse-moi ce fantôme qui est son âme, cette vie extra-terrestre qui est devenue la mienne et ne me ramène plus dans les horreurs de la vie !

En face du mal que ma supposition avait fait à Thérèse, je me tus, gardant pour moi mes doutes, me promettant de les éclaircir.

— Ma pauvre chérie, lui dis-je, tu as dû en effet être le jouet d'une obsession. A force de penser à *lui*, de vivre avec *lui*, tu as cru le voir réellement. Garde ton doux fantôme. Oui, le mort qui t'a maudite est maintenant près de toi qui te pardonne et qui t'aime.

Le jour commençait à poindre. J'engageai mon amie à prendre un peu de repos ; mais toute la nuit le visage de Jean, dont Thérèse m'avait montré le portrait, hanta mon sommeil.

Est-il mort ? ou est-ce lui que Thérèse a revu ? La lettre de la mère n'était-elle qu'une vengeance ?

Je le saurai. Bientôt, je pourrai disposer de nombreuses ressources et cet argent maudit qui a fait le malheur de mon amie me servira peut-être, à remplacer le fantôme né de l'amour désespéré de Thérèse, par l'amant d'autrefois qui pardonnera et aimera.

Dieu, fais que ce rêve soit possible !

10 juillet.

Dans quinze jours, je serai la vicomtesse de Siamère. La priorité que je suis obligée de donner à l'amour vénal me dégoûte et me désespère. Tout l'éclat du nom que je vais porter, de l'existence luxueuse et mondaine qui va être la mienne, s'efface devant mon amour.

Entre les bras de Siamère, je serai une belle morte, un corps sans âme, je ne ressusciterai que dans les bras de l'*autre* ; mon cœur ne battra que sur celui de l'amant que j'ai choisi, que j'ai voulu jusqu'au prix de vivre près d'un être que je méprise et que je hais !

24 juillet.

Demain, je serai femme. Ce soir dans l'ombre de l'église où par un reste de foi, je suis venue implorer le Maître de nos destinées, j'ai aperçu la silhouette de Jacques. Troublée, incapable de penser à autre chose qu'à lui, je me suis levée du prie-dieu et suis sortie.

Jacques m'a rejointe. Son visage était pâle, au-dessus des sourcils un pli s'était creusé ajoutant de la dureté à l'expression triste du regard.

— Demain, me dit-il lentement, vous serez la femme d'un autre. Savez-vous que je souffre horriblement ?

— Pauvres Jacques ! Pensez que le ciel sera le prix de ces tortures.

— Vous me le promettez ?

— Je m'y engage par serment.

— Que vaut-il ce serment ? Demain, sur l'autel devant lequel vous vous incliniez tout à l'heure, vous en prononcerez un, aussi : amour et fidélité à Octave de Siamère. Lequel parjurerez-vous ?

— La douleur vous rend méchant. Jacques, vous êtes mon amour, mon dieu. Le serment que je t'ai fait me sera sacré au-dessus de tout. Prends mes lèvres ce soir, prends moi toute dans ce baiser ; je te livre plus que ma chair : mon cœur, mon esprit, tout ce qui, en moi, est capable d'aimer. Toi seul me possèderas dans la volupté. Je t'aime !

Nos lèvres se joignirent.

Et dire que demain d'autres lèvres s'uniront ainsi aux miennes, et que c'est devant Jacques que je dirai le *oui* qui consent. Sacrilège !

Terville, 5 août.

Une lettre de Jacques ! C'est le seul événement qui pour moi mérite d'être mentionné depuis mon dernier entretien. Comme les Hindous, dans leur fanatisme, traversent le feu sacré sans en ressentir la moindre atteinte, ainsi j'ai vécu les jours écoulés sans donner une parcelle de mon cœur.

« Ma mie chérie, m'écrit Jacques, tu ne sais ce que je souffre, ce que j'ai souffert ! Savoir dans les bras d'un autre celle que l'on adore, quel supplice ! La jalousie me torture. Je sais que tu ne l'aimais pas ; mais ce passé est-il devenu le présent ? La possession attache la femme. Qui sait le miracle qu'a produit en ton âme, ses caresses ? N'es-tu pas sienne maintenant de corps et de cœur ? »

Non, Jacques, ne crains rien ; mon corps a attendu tes caresses pour s'éveiller à la volupté. Tu seras l'initiateur ; je l'ai voulu ; j'ai réussi.

10 août.

Il y a au fond du parc, un petit châlet caché dans la verdure, vrai nid d'amour. Il se compose d'une pièce unique, toute capitonnée d'étoffe fleurie, et le principal meuble est un large divan appelant le repos et l'amour. C'est là que je voudrais aimer Jacques...

16 août.

L'heure d'amour est venue; je suis femme maintenant. Jacques m'a aimée, je puis mourir !...

O mon sacrifice, tu es cent fois au-dessous du bonheur que tu m'as donné. Souffrir les pires tortures, les supplices les plus raffinés, mais connaître la joie d'aimer, d'être aimée, et de s'appartenir !...

Jacques n'a pu contenir son impatience; hier, dans la journée, comme seule je rêvais dans le parc, près du nid que je désirais à nos amours, deux bras m'ont enlacée, une bouche s'est posée sur la mienne, que j'ai tout de suite reconnue à la douceur, à la prenance des lèvres. C'était Jacques !

— Mon aimée, je ne pouvais demeurer plus longtemps loin de toi. Je serais mort avant de connaître le ciel terrestre que tu m'as promis. Ne laissons pas passer l'heure d'amour. Sois à moi. Je ne veux plus attendre.

Je savais que mon mari était parti visiter une ferme éloignée; l'instant m'appartenait; je pouvais me donner à Jacques.

Et je me suis donnée...

22 août.

Après six jours d'ivresse, l'heure du départ a sonné. Jacques, demeuré caché dans le voisinage, a été forcé de rentrer à Paris.

C'est le supplice des âmes qui ayant connu Dieu, le ciel et ses délices sont subitement emportées loin de lui, dans les ténèbres du purgatoire. Nous ne quitterons la campagne que dans quinze jours. Un siècle !

Maudite soit la chaîne, maudit soit l'être qui me rive à lui ! Le martyre de l'adultère commence.

26 août.

L'amant de Thérèse est vivant. C'est lui qu'elle a revu, à Brunoy. Avant de quitter la capitale, je suis allée dans une agence des recherches. J'ai donné le nom et l'ancienne adresse du jeune homme et j'ai prié que l'on fît le nécessaire pour savoir s'il était vivant et connaître le lieu de sa résidence actuelle.

Voici la note que je reçois : « M. Jean Devière a quitté Paris il y a six ans environ à la suite d'une très grave maladie. Est actuellement avoué à Angers où il habite seul avec sa mère — a fait un court séjour à Paris, dernièrement. »

Vivant ! Quelle joie ! M. Jean Devière, il faudra que vous pardonniez et aimiez celle qui depuis six ans vous pleure.

Angers n'est pas très éloigné de Terville. Demain je trouverai un prétexte pour faire ce voyage ; je prendrai l'express, et j'irai parler de Thérèse à celui qui a voulu mourir pour elle.

28 août.

Une maison modeste, un cabinet de travail simple et confortable. Jean Devière est devant moi. Je reconnais le visage mince qu'encadre la barbe noire, les traits réguliers, les grands yeux gris, doux et tristes.

Il s'incline devant moi, il m'indique un siège en face du sien.

Un peu embarrassée de remuer les cendres encore brûlantes, j'espère, d'un passé malheureux, je parle d'une voix très basse, que l'émotion fait trembler.

— Monsieur, vous trouverez peut-être ma démarche bien audacieuse; mon cœur seul me l'a inspirée, comme aussi la sympathie que j'ai pour vous.

Ses grands yeux me fixèrent, interrogateurs.

— Pour moi ! Mais je ne vous connais pas, Madame.

— Mon nom et mon titre vous sont inconnus, en effet; le seul titre qui doit avoir quelque valeur à vos yeux, est celui-ci : Je suis l'amie intime, l'amie d'enfance d'une personne que vous avez beaucoup connue... beaucoup aimée...

Il devint très pâle.

— J'ignore de qui vous voulez parler, Madame.

— De Mlle Thérèse Régnier, Monsieur. De cette femme qui est morte moralement depuis six ans, car elle ignore que vous êtes vivant.

— Puisse-t-elle l'ignorer toujours !

Sa voix étouffée me révélait assez le bouleversement produit en lui par le nom de Thérèse.

— Si vous ne souffrez plus, elle souffre toujours.

— Sa souffrance et la mienne ne peuvent être comparées ; elle expie, tandis que moi...

Un sanglot l'interrompit.

Je lui pris la main, amicale comme une vieille amie.

— Pauvre Jean, vous aussi l'aimez encore !

Il fit un geste de négation.

— Si, vous l'aimez, parce que malgré tout, elle est digne de pardon, digne d'amour.

Il voulut protester, je l'en empêchai et, me rapprochant encore de lui, je lui fis le récit de mon arrivée à Paris, ma surprise de retrouver Thérèse si douloureuse, la vision de Brunoy, sa douleur et sa confession.

Quand je cessai de parler, des larmes coulaient sur les joues pâlies du jeune homme.

— Pauvre Thérèse, murmura-t-il, pauvre femme !

— Elle a souffert plus que vous, Monsieur. Serez-vous sans miséricorde ?

— Hélas, que puis-je faire ?

— Pardonner ; remplacer son rêve par la réalité, le mort qui la hante, par le vivant qui est devant moi ; élever votre amour au-dessus du préjugé vulgaire et faire de Thérèse, votre femme.

Un silence passa dans la pièce tapissée d'ombre. Enfin, Jean reprit :

— Votre amitié pour Thérèse ne vous fait pas exagérer sa douleur et ses remords ?

— Mon récit est au-dessous de la vérité. D'ailleurs,

assurez-vous en vous-même. Je rentre à Paris dans dix jours ; venez me voir, je vous ménagerai une entrevue avec elle.

— Non, Madame, laissons dormir ce douloureux passé.

— Réveillons-le, au contraire ; car de la douleur naîtra la joie.

— Alors, Madame, je vais réfléchir. Je vous enverrai ma réponse. Si elle n'est pas satisfaisante ne dites rien à Thérèse ; laissez la pleurer et aimer le mort.

— C'est promis, Monsieur.

Un instant plus tard, je prenais congé ; nous nous serrâmes la main en véritables amis.

J'espère que le bonheur de mon amie sortira victorieux de cette lutte terrible entre l'orgueil et l'amour.

C'est bon de faire du bonheur ; meilleur encore de faire celui des autres que le sien.

5 septembre.

Le retour ! Paris ! Jacques ! l'ivresse ! Incapable d'exprimer mon bonheur, je me tais.

10 septembre.

« Madame, mon cœur parle plus fort que ma raison ; le pardon plus haut que la haine. Je n'ai encore pris aucune résolution ; mais je veux revoir Thérèse. Dites-moi, quel jour vous pourrez me recevoir et pourrai-je, chez vous, revoir celle que j'aime toujours.

« JEAN DEVIÈRE. »

J'ai répondu à Jean :

« Venez de suite. Je vous attends. »

18 septembre.

Dans mon petit salon, Thérèse était assise près de moi.

De l'autre côté, séparé de nous par une portière, Jean voyait et entendait.

Depuis la confession de mon amie, jamais une allusion au passé, n'avait été faite. Elle-même semblait en écarter le sujet avec soin ; on eût dit qu'à ce secret, l'initiation d'une étrangère — fût-ce une amie telle que moi — tenait du sacrilège.

Mais l'instant d'en parler était venu :

— Ma Thérèse, lui dis-je, as-tu retrouvé le calme ?

— Non, fit-elle sourdement ; la vision de Brunoy me poursuit ; le vivant chasse le mort. Plus je m'en éloigne, plus elle m'apparaît nette et distincte, ressemblant tant au passé que j'ai cru, que je crois encore que c'était *lui !*

Un sanglot déchira sa poitrine.

— Et si c'était lui ? dis-je. S'il était vivant ?

— Non, par pitié, pas cela, fit-elle d'un accent désespéré.

— Ma pauvre Thérèse, si Jean est vivant les conséquences de ta faute disparaissent.

— Oui, mais disparaît alors aux yeux de Jean la vérité cachée au fond de mon cœur ; la vérité qui m'absout.

— Si vivant, il la connaissait, il te pardonnerait.

— Non ; les morts seuls savent oublier.

— Les vivants eux aussi pardonnent quand ils ont un cœur loyal et bon comme *est* celui de Jean.

Thérèse passa la main sur son front brûlant :

— Quel rêve ! murmura-t-elle. Jean me pardonner, m'aimer encore !... Nita, par pitié tais-toi ; je ne pourrais me réveiller à la réalité.

A travers les rideaux, derrière Thérèse, j'aperçus le visage de Jean. Ses yeux étaient mouillés de larmes. Il fit un geste ; je compris.

— Thérèse, dis-je, le rêve c'était ton amour pour le mort ; la réalité c'est l'amour d'un vivant pour toi.

Elle eut un cri indicible.

A cet instant, la portière du salon fut écartée brusquement et Jean se précipita aux genoux de Thérèse.

— Ma Thérèse ! murmura-t-il ; ma femme !

Il est des joies qui ne peuvent se décrire ; des scènes sur lesquelles il faut laisser tomber le rideau.

En revivant ce dénouement de joie à ce roman d'amour malheureux des larmes mouillent encore mes yeux... et je pleure sur moi maintenant... Quelle ivresse que la leur !

15 octobre.

Siamère est le moins encombrant des maris. Il me laisse une liberté complète. Autrefois, je me demandais bien souvent à quel passe-temps pouvait se livrer ce jeune homme pour user les longues heures de son existence inactive. Je suis renseignée maintenant.

L'occupation est digne de l'homme qui s'y livre : il fait de la gymnastique !!! Dans l'hôtel, il s'est fait aménager une salle renfermant tous les accessoires nécessaires à ce genre de sport et tandis que dans l'*amour* je me donne toute à Jacques, lui, l'esprit tranquille, se balance au trapèze comme un saltimbanque !

...Notre aîmoir est délicieux. Trois fois par semaine, il reçoit notre visite et les heures que nous y passons sont des heures de paradis. Cependant, je ne suis pas heureuse, les tortures que je subis sont dignes des délices que je goûte, les heures de séparation paient largement les heures d'amour.

Si Jacques m'avait aimée comme je l'aimais, jamais il n'eût consenti à ce partage. Celui qui *consent* à vivre une heure loin de la bien-aimée ne sait pas aimer. Moi, je voudrais passer ma vie sur le cœur de Jacques; plus il me prodigue ses caresses, moins j'en suis rassasiée, et bien des fois, quand sonne l'heure des adieux, je lui dis : — « Ne me quitte pas! Jacques. Garde-moi ! » Mais lui, détache mes bras de son cou et avec un dernier baiser :

—Allons, enfant, sois raisonnable. La prudence, tu le sais, est la gardienne de notre bonheur.

Et je reviens si triste que je pense qu'il eût mieux valu que Jacques me couchât au fond d'un tombeau, avec pour toujours son baiser, sur mes lèvres mortes.

2 novembre.

Jour des Trépassés. Temps sombre comme cette inscription lue sur le feuillet du calendrier que je viens de découvrir.

De ma fenêtre, j'aperçois un ciel gris de brouillard, et je reçois au visage la morsure de la bise qui, là-bas, doit arracher les feuilles jaunissantes.

Automne, automne, mélancolie ! Comme l'église a bien fait de placer dans ce décor la fête des Trépassés. Au milieu de l'agonie universelle, nous nous sentons plus près de nos chers morts. Il semble qu'un pont soit jeté sur le gouffre béant, qu'une communication existe entre Ici-bas et Là-haut.

Jour des Trépassés ! pour moi, lendemain d'amour. Hier, je me suis endormie au souvenir de ses caresses, après une journée de griserie folle et ce matin, je me retrouve seule, tandis qu'en face de moi, se dresse cette inscription lugubre : Jour des Trépassés !

De nos morts ! hier aussi c'était la fête, bien oubliée par nous, bien oubliée par notre amour. Au lieu des chants sacrés du *Die ires* et du *De profundis* nos lèvres ont répété l'hosanna d'amour, et nos corps au lieu d'aller se prosterner respectueux et fidèles sur le tombeau de ceux qui nous ont aimés, se sont renversés dans le spasme de la caresse.

Et aujourd'hui, il me semble entrevoir les visages pâles des disparus, leurs lèvres murmurent des reproches et leurs gestes ébauchent une menace. Non, chers morts pitié ! Ne punissez pas. Entre vous et

Lui, entre vous et notre amour, je me jette, prosternée. J'implore le pardon pour l'oubli coupable et, vêtue de deuil, les fleurs du souvenir à la main, je vais aller m'incliner sur votre tombeau, vous prier de pardonner et de bénir notre coupable et oublieux amour...

10 janvier.

Les salons s'ouvrent devant moi, le mien, chaque mardi reçoit une foule élégante et mondaine. Jacques est flatté dans son amour propre. Après chacune de mes réceptions, je le retrouve plus épris... Hélas, autrefois, il n'y avait pas de degré dans la fougue qui l'entraînait vers moi, il n'y avait pas la raisonneuse prudence pour venir s'opposer à son voyage de Terville et à son séjour là-bas. Souvent aux heures tristes, je me souviens de cet avertissement : « La possession tue l'amour ; *l'avant* vaut mieux que *l'après.* »

Maintenant c'est *l'après* ; sera-ce donc la mort de notre amour ?

Que de pensées tristes, j'ai ce soir !...

6 février.

Demain a lieu le mariage de Jean et de Thérèse. A eux qui ont tant souffert, le paradis est ouvert. Ma Thérèse d'autrefois est ressuscitée ; c'est le portrait du salon qui, aujourd'hui semble terne auprès de l'éclat de ses yeux et de son teint.

Jean et sa mère ont pardonné pleinement. Dans quelques jours, l'heureux couple va partir à Angers ;

Jacques va demeurer seul. Dire que s'il avait voulu j'aurais pu remplacer Thérèse près de lui ! être sa femme ! Parfois je me demande si je ne le hais point pour cette vie qu'il a voulue ? Mais non, je l'adore ! je l'adore !

Février.

N'ayant reçu aucune nouvelle de Georgette, je lui ai écrit pour l'inviter à venir me voir. Je viens de recevoir le billet suivant, de papier satiné et violemment parfumé.

« Ma chère Anita,

« Si je me tiens à l'écart de votre vie, ce n'est pas par oubli, mais par délicatesse. Les temps sont changés. Je ne suis plus la petite employée de la Banque Bordelaise. Votre lettre m'est parvenue rue de Rome où j'habite maintenant un coquet entresol. Mon rêve est réalisé. J'ai un *ami* charmant qui paie toutes mes fantaisies et obéit à tous mes caprices. Après quelques scènes de ménage fort orageuses, mon mari a pensé que la jalousie était une arme de parade qui lui coûterait cher, il a donc pris le parti des sages et j'abrite mes nouvelles amours sous mon nom respectable de femme mariée. Si après cette confession vous désirez toujours me revoir, je serai heureuse d'aller vous embrasser.

« GEORGETTE. »

J'ai hésité avant de répondre ; mais ai-je le droit de me montrer sévère pour autrui ? Et je lui ai écrit : « Je serai heureuse de vous voir ; venez samedi ».

Avril.

Les heures roses et les heures grises chantées par Xavier Privas se disputent ma vie, mais la couleur terne est plutôt la note générale. Je suis si absolue, si exclusive en amour que je gâte les heures roses. J'adore Jacques et je ne sais pas l'aimer. Quand volontiers je lui ferais de mon corps un piédestal, je me dresse hautaine, presque dédaigneuse ; quand je désirerais m'anéantir en lui, je me refuse à ses caresses ; quand mes paroles d'amour voudraient verser en son âme l'enchantement, mes lèvres ne s'ouvrent que sur des paroles âpres de rancune et de revendication.

Mon mariage de raison a une meilleure réussite que mon union d'amour. Mon mari prend mon indifférence pour de la bonté, tandis que Jacques, en mon excès d'amour, voit de la lassitude.

Je sens qu'il peut m'échapper et c'est cette crainte qui tourmente ainsi mon âme. Il n'a plus le même empressement qu'autrefois, il ne boit plus avidement au calice de joie. Sa soif est tarie ; il accepte encore le nectar, mais ne le réclame plus.

L'absence de Thérèse rend bien vide et bien libre sa vie. Que fait-il des longues heures qu'il passe loin de moi ?... S'il me trahissait ? Si une autre femme me remplaçait aux heures d'absence ? Cette pensée m'affole... Si c'était vrai, je crois que je me tuerais !

24 mai.

J'ai obtenu de mon mari qu'il fasse faire mon portrait par Jacques. Ai-je raison? Ma présence presque quotidienne va-t-elle l'attacher davantage ou lui donner la lassitude si voisine du dégoût?

Hier, nous étions dans son atelier. A l'instant de le quitter après une journée de joie qu'aucun nuage n'était venu ternir, j'avisai une toile tournée vers le mur et à demi-dissimulée par un coin de draperie.

— Qu'est ceci?

Avant que Jacques eût pu me répondre, je retournai le tableau. J'eus un cri de rage. Devant moi, demi-nue, représentant je ne sais plus quelle déesse antique, Marcia étalait sa sculpturale beauté.

— Ah! vous voyez donc toujours cette femme?

— N'est-elle pas un modèle, et moi un artiste?

— Elle a été pour vous plus qu'un modèle : votre maîtresse!... D'ailleurs que dis-je; elle l'est encore sans doute?

Jacques haussa les épaules sans répondre. Ce semblant d'indifférence m'exaspéra.

— Quoi! Vous me trompez avec cette fille?... C'est bien, Monsieur, gardez-la!... Vous la paierez de ma personne, c'est un prix que vous ne pourrez mettre deux fois. Adieu.

Le visage empourpré, le cœur battant à m'étouffer, je laissai Jacques stupéfié et je quittai l'atelier.

En rentrant ici, j'ai eu une crise de larmes, puis j'ai trouvé ma colère ridicule et j'ai écrit à Jacques une lettre humble de pardon. Mais l'image de cette femme me poursuit. Pourquoi la voit-il toujours? Parce qu'il trouverait difficilement un modèle si parfait? Alors l'artiste doit être épris de celle qui lui inspire des chefs-d'œuvre!

Cette femme, comme je la hais! Il faut que Jacques la bannisse complètement de sa vie, ou mon bonheur est à jamais perdu.

25 mai.

J'avais écrit à Jacques de m'attendre aujourd'hui. J'avais besoin des baisers qui réconcilient et pardonnent. Avec quelle lassitude il me les a donnés! Il ne m'aime plus, parce que je ne sais cacher ma tristesse, mes soupçons, ma fierté blessée. Je vais à l'abîme; mon amour lui-même veut sa perte.

20 juin.

Mon Dieu, pitié! Mon amour est détruit, je me sens mourir!

Quand j'arrivai cet après-midi à l'*aimoir*, trop tôt dans mon impatience de revoir Jacques, je trouvai une lettre glissée sous la porte. « Madame Régnier », telle en était la suscription. La concierge, sans doute trop discrète pour m'arrêter au passage, l'avait mise là. J'eus peur. Etait-ce de *lui?* que signifiait? une rupture?

Je déchirai l'enveloppe. C'était l'écriture de Jacques!

XVI

Paris, 15 juin 189 .

« Marcia toujours aimée,

« Je t'attends ce soir. Viens. Nous nous expliquerons ; je saurai te convaincre que malgré les apparences, je suis toujours à toi. L'esprit volage de l'artiste a pu avoir une fantaisie ; mais toi seule règne sur ma vie, toi ma première maîtresse, mon inspiratrice, la plus belle, la plus aimée des femmes !

« Ton Jacques orgueilleux à genoux te supplie de lui pardonner ».

Violemment, ma main froissa la lettre.

— Oh ! l'infâme, murmurai-je, l'infâme !

Sans un pleur, mais anéantie, stupéfiée, je demeurai quelques secondes ; puis, je me souvins que Jacques allait venir, qu'il fallait m'éloigner.

Je pris le feuillet révélateur, je le plaçai bien en vue sur la table, et je m'enfuis comme une voleuse. Oh ! la folie de mon cerveau, la torture de mon cœur !... Je suis revenue ici, je me suis enfermée, défendant ma porte, sous prétexte de migraine.

C'est à peine si j'ai pu relater en ces quelques lignes, l'affreuse nouvelle.

...Je ne puis plus écrire... les larmes m'aveuglent... les sanglots me brisent... j'étouffe... je meurs !...

26 juin.

Je lui ai écrit une lettre ironique et hautaine le rejetant loin de moi, dans ses bras, à elle... dans ses bras d'où je n'ai pu l'arracher !

Puis, j'ai quitté Paris avec mon mari. Pendant dix jours, je me suis étourdie en voyageant sans cesse ; j'ai visité les plus belles plages de la Bretagne, de cette *Bretagne* dont la sauvage beauté convient à l'amour exaspéré que j'ai en moi. Sa pensée a surmonté tout, et triste à en mourir, je suis revenue... Pas un mot !... Quel vide !... Mon corps va, vient, vit ; mais mon âme est avec lui, toujours, toujours ! En vain, je veux fuir cette obsession ; elle domine tous mes actes. Oh ! le revoir, lui pardonner, l'aimer encore !

1er juillet.

Toujours rien !... Je ne puis plus résister à mes nerfs exaspérés. Il me faut une explication violente. J'irai la lui demander, lui cracher à la face mon mépris, lui montrer le rôle infâme qu'il a joué en ma vie. S'il ne comprend pas sa cruauté, s'il ne me prie pas de lui pardonner, eh bien, moi, je tomberai à ses genoux et je lui demanderai comme une grâce de conserver mon cœur, de me donner un peu du sien...

Sa présence est ma vie ; dussé-je savoir qu'une autre image règne près de la mienne, qu'un autre corps s'unit au sien, je veux encore être à lui ; je saurai être si belle, si tendre amante que je surpasserai l'*autre*, que je redeviendrai l'aimée, la seule, l'unique !

5 juillet.

Je suis allée chez Jacques. — « M. Régnier est absent, m'a dit la concierge. Il est parti en Bretagne, mais il a dû s'arrêter chez Mme Devières. »

Jacques a fui Paris ; je le fuirai aussi. Dans deux jours nous partons pour Terville... mon berceau d'amour... et mon tombeau peut-être !...

7 juillet.

Avant de quitter Paris, j'ai écrit :

« Jacques, je ne veux pas troubler vos nouvelles amours. J'efface les miennes de votre vie. Seulement je vous ai trop aimé pour reprendre mon cœur. Vous dédaignez celui de l'amante, acceptez celui de l'amie. Souvenez-vous de moi lorsque vous aurez besoin d'une épaule pour appuyer votre tête meurtrie, d'un cœur pour y épancher les larmes... que je pleure aujourd'hui. »

Terville, 7 août.

Toujours le silence de l'indifférence. J'ai écrit à Thérèse ; elle m'a répondu que son frère était en Bretagne, mais allait revenir passer une semaine près d'eux avant de rentrer à Paris. Que faire ? Ma vie est une agonie. La tristesse plane sur mon esprit me voilant tout de noir. Nous sommes en plein été, et déjà je vois l'automne. Ce soir, en revenant du parc, ma robe balayait les feuilles sèches et avec un frisson de tout mon être, je me disais que comme ces feuilles hâtivement desséchées, ma jeunesse, elle aussi, était morte. Il y a un an mon amour naissait. Il est mort

LE PORTRAIT.

sans revoir le doux anniversaire et je serai seule à revivre mes premières heures d'amour.

10 août.

Eh bien, non ; ce ne sera pas ; je n'accepte pas ce sépulcre où il m'emmure vivante ! Je suis encore belle, je sais encore aimer, il reviendra dans mes bras pour l'anniversaire. Nous nous aimerons comme autrefois. Et je lui ai écrit : « Le chalet d'amour est toujours discret, mes lèvres sont toujours avides de baisers. Viens. Je t'aime, je te veux, tu es mon bien, tu me dois le bonheur. Oublions. »

17 août.

... Et je l'ai revu. Comme l'année dernière, je suis allée rêver dans le parc, et comme l'année dernière à pareil jour, à pareille date, ses bras m'ont enlacée, ses lèvres se sont posées sur les miennes.

— Jacques ! ! ! et 'jai perdu connaissance.

Quand je me suis réveillée, j'étais étendue sur le divan dans le Nid d'amour, et à genoux près de moi, Jacques baisait mes doigts.

J'ai refermé les yeux pour ne pas faire fuir le rêve délicieux ; mais Jacques m'a prise dans ses bras.

— Mon Anita, pardon ; je t'aime !

Il s'est assis près de moi, il s'est efforcé d'expliquer sa conduite. L'amant, m'a-t-il dit, a été forcé de se sacrifier à l'artiste, pour le tableau qu'il rêvait. Marcia seule était digne de me servir de modèle ; mais elle n'a accepté qu'à la condition que je redevinsse son amant... Alors, je ne sais plus, vois-tu... Comme tu es la femme de Siamère, j'ai été l'amant de Marcia... mais je t'aimais... toi seule. Marcia se doutant que j'avais un autre amour, m'a fait espionner... elle a découvert notre retraite et c'est elle qui t'a envoyé l'odieuse lettre de mensonge...

— Et qu'est-elle devenue?

— Elle est partie, je l'ai chassée.

— Bien vrai?

— Je t'aime!

J'ai tout oublié; je me suis assise sur ses genoux, je l'ai couvert de caresses, je l'ai emprisonné dans mes bras et l'ai gardé jusqu'au soir...

Suis-je heureuse? Non. Après l'extase, je retrouve la torture. Le cœur possède la double vue; il ne se nourrit pas de mensonges : Il ne l'a pas chassée; c'est elle qui a dû le quitter et il ne m'est revenu que parce qu'il n'a plus de maîtresse. Certaines paroles maladroites qui rappelaient l'*autre* m'ont humiliée et ont rendu pénible le souvenir de ses caresses.

Il est parti le soir même pour Paris, sans voir mon mari.

Comme mon amour devient triste!

1er septembre.

Je ne vis que par les lettres que nous échangeons; mais comme les siennes sont lentes à venir, et combien froide est l'expression de sa tendresse!

20 septembre.

C'est fini ; une scène terrible vient d'avoir lieu, de ces scènes où l'on abandonne toute dignité, où, brutalement, le voile de l'illusion arraché, on se trouve en face des hideurs de son âme et de celle des autres, où le mépris vainc l'amour et demeure victorieux.

Mon mari, rappelé brusquement à Terville devait passer la nuit loin de moi. Jacques, averti, était venu dans la soirée ; mais il paraissait préoccupé et voulait se retirer tôt. Prise d'un soupçon, j'insistai pour le garder :

— Viens à l'*aimoir*, lui dis-je, consacrons une partie de cette nuit de liberté à nous aimer. Ce sera délicieux. Je préviens mes gens que je vais au théâtre et je suis à toi.

Jacques pâlit ;

— Non ; cela ne se peut. Tu es folle, Nita, tu vas te compromettre.

— Pourquoi ? Le motif est acceptable ; j'y tiens ; je le veux !

— Moi je ne puis accepter ; ma soirée est promise.

— A qui ?

— A des amis... ou plutôt à des personnes très riches qui doivent me commander des portraits.

— Tu ne m'en avais rien dit ?

— Lorsque nous sommes ensemble nous oublions tout ce qui n'est pas notre amour.

— Leur nom ?

Il hésita :

— M. Sabin.

Leur adresse ?

— ... 15, rue Pasquier.

— Bien, je t'y accompagnerai. Nous prendrons un fiacre et ainsi je jouirai pendant quelques minutes encore de ta présence.

Une contrariété visible se peignit sur son visage.

— Pour cinq minutes t'exposer à commettre une grave imprudence ! Je ne puis accepter. Voyons, Anita, sois raisonnable ; laisse-moi partir.

— Non, je veux t'accompagner.

— Eh bien, viens alors ! ! !

Quelques minutes plus tard, la voiture nous emportait. J'étais sûre que Jacques m'avait menti. Cependant à l'adresse indiquée, il descendit et disparut dans la maison.

— Avancez de quelques pas, dis-je au cocher, assez pour ne pas être aperçu de la personne qui vient d'entrer ici, pas assez pour la perdre de vue ; quand elle sortira, vous la suivrez.

Il n'attendit pas longtemps. Cinq minutes après, Jacques sortait, Il descendit à la Madeleine, héla un fiacre et partit dans la direction de Montmartre.

Comme il allait sonner à la porte de chez lui, il me trouva à ses côtés.

— Toi ? Mais tu es folle ! Que viens-tu faire ici ?

— M'assurer que tu as menti.

— En quoi ! Les personnes que j'allais voir étaient absentes.

— Ah ! vraiment... Alors, entrons chez toi.

— Ce n'est pas possible.

— Pourquoi ?

— Ma concierge !

— Elle ne me reconnaîtra pas. Sonne et entrons.

— Non.

— Je le veux !

— Je ne t'obéirai pas.

— Quelle raison peux-tu donner à ce refus ?

— Aucune ; je ne veux pas te compromettre.

— Et moi, j'entrerai quand même !

Je sonnai violemment, la porte s'ouvrit, je me précipitai ; mais Jacques m'arrêta.

— Tu ne monteras pas !

— Alors, donne-moi une raison sérieuse. Vois-tu, Jacques, je sens que ton amour est devenu un mensonge, que tu ne m'aimes plus, que tu me trompes. Dis-moi la vérité, je préfère la mort à l'agonie.

— Mais tu es folle ! Vas-tu me faire une scène dans la rue maintenant.

— Oui, je suis folle de souffrance. Mais avoue, avoue donc !

Il perdit patience :

— Eh bien, oui, dit-il avec véhémence ; je n'ai plus pour toi que de l'amitié. Une femme m'attend, chez moi.

— Elle !

— Oui.

— Misérable ! et folle je le gifflai.

Il devint blême. Saisissant mes poignets, il les

brisa dans ses mains nerveuses, en hâchant des injures qui flétrissent même les femmes flétries.

— Je te hais, tu entends ; après cet outrage, je ne veux plus te revoir. J'aime Marcia et je vais la retrouver.

— C'est bien, va-t-en, tu es digne d'elle ! Je te méprise autant comme je t'ai aimé. Adieu pour toujours ! Adieu !

Etouffant mes sanglots, je suis remontée dans le fiacre... et je suis revenue...

C'est fini ! fini !... Adieu l'amour ; adieu la vie !

. . . .

« Chère Thérèse,

« A toi, ma seule amie, je confie ce manuscrit ; il te dira ma vie et la raison de ma mort. Je ne veux pas mourir en emportant mon secret ; il faut que l'amitié partage mes douleurs et me pleure... A la triste histoire qui précède, je n'ajouterai que quelques lignes. Je ne meurs pas d'amour, mais de honte, car je n'ai pas de haine, mais du mépris.

«... Au fond de moi, quelque chose d'endormi depuis longtemps — ma conscience — s'est éveillée. Comme un ouragan, elle a chassé tout ce qui me cachait la vérité, elle s'est fait mon juge et elle me condamne...

« Adieu, Terre des supplices ! Adieu, Paris infâme dont le luxe et le vice m'ont perdue ! Adieu, amie chère, qui a tenté de m'arracher à l'abîme ! Dis-toi que je vais redevenir digne de ce que j'ai été, que ma pauvre âme tourmentée va enfin gagner le repos... Si quelques joies m'attendaient encore dans cette vie, puisse Dieu les reporter sur toi ! Une lettre vient de m'annoncer ta visite. Quand dans deux heures tu pénètreras ici, la Mort aura fait son œuvre ; tu ne trouveras qu'un cadavre. Répands sur lui les chrysanthèmes, fleurs de l'automne, dont le vague parfum et les pâles couleurs calmeront les dernières révoltes de mon cœur... »

. . . .

La vicomtesse de Siamère en était là de sa lettre. Son visage inondé de larmes révélait le bouleversement de son âme, le déchirement de son cœur.

— Comme je souffre, murmura-t-elle, et comme cela va être bon de s'endormir, d'oublier...

La porte de sa chambre s'ouvrit doucement après un léger coup frappé, et Thérèse souriante, parut :

— Ma petite Nita, je te surprends, tu ne m'attendais pas de sitôt ?

Mais elle s'arrêta dans son élan.

— Qu'as-tu, Nita, qu'as-tu ? questionna-t-elle anxieusement.

— Je souffre...

Et la pauvre femme éclata en sanglots.

— Quelle est la cause de cette souffrance ? interrogea Thérèse en s'empressant autour de son amie.

Mais l'arrivée inopinée de la jeune femme avait mis le désarroi dans la pauvre âme jusqu'alors soutenue par l'espoir de la délivrance prochaine.

— Oh ! Pourquoi es-tu venue ! murmura-t-elle.

— C'est ma présence qui te cause ce chagrin ?

Anita suffoquée par les larmes ne répondit pas.

— A qui écrivais-tu ? dit Thérèse apercevant la lettre trempée de larmes.

Et s'étant penchée, elle lut son nom.

— A moi ?

— Oui, oui, à toi ; je voulais mourir, je te disais adieu, mais tu arrives trop tôt !

Stupéfaite, une inquiétude horrible lui tenaillant le cœur, Thérèse parcourut le feuillet.

— Pauvre Anita, murmura-t-elle en serrant la jeune femme contre son cœur ; je viens te sauver, donner la force qui manque à ton âme, te prouver par mon exemple que l'on peut survivre à l'amour, à la honte.

— Non, non, je veux mourir, cria Anita en tentant de s'arracher à l'étreinte de son amie. Par pitié, si tu m'aimes, quitte-moi.

Sans répondre, Thérèse attira la malheureuse sur le divan et la tint serrée contre elle, attendant qu'un peu de calme lui permît de parler. Longtemps, longtemps les larmes coulèrent sur le visage de la malheureuse, longtemps les sanglots brisèrent sa poitrine. Mme Devières n'y répondait que par ses étreintes, elle savait que les paroles ne feraient qu'augmenter son désespoir.

Enfin, la douleur de la vicomtesse parut se calmer, la tête reposa plus calme sur l'épaule qui se faisait maternelle, le cerveau, dans la lourdeur des larmes

LA RUPTURE.

versées, perçut moins l'horreur de la situation. Les images sinistres d'amour, de honte, de mort s'éloignèrent, c'est alors que Thérèse parla.

— Mon enfant chérie, dit-elle, avant d'avoir lu le journal de ta vie, j'en devine l'histoire. Est-elle plus triste, plus humiliante que celle de tant d'autres ? que celle qui fut la mienne ? On ignore ce qui existe dans le cœur des femmes qui passent le masque souriant, ou le front auréolé de candeur et d'honnêteté. A la jeunesse, et plus encore au malheur, nous payons notre tribut, à chacun de nous le remords habite un coin du cœur. Chez ton mari, il se nomme Rose Durand, chez toi, Jacques, chez moi... mais tout cela est le passé, dans la fuite des jours cette boue a été entraînée ; maintenant la route est belle, pourquoi veux-tu t'en détourner ?

— Parce que je sens que je ne m'éloignerai jamais du Passé néfaste. Comme mon ombre, il me suivra, et jamais, jamais je ne pourrai l'oublier. D'ailleurs pourquoi vivre ? L'amour a été mon but ; j'en ai fait mon dieu, je l'ai cru digne de tous les sacrifices, capable de tout transformer, de rendre bien, le mal, de rendre beau, le laid, de changer en fleurs les épines du chemin. Je me suis trompée ; mon idole s'écroule, mon but s'efface ; où aller maintenant ? que faire dans la nuit noire qui m'entoure ?

— Redevenir une honnête femme, dit Thérèse d'une voix forte.

Anita secoua la tête.

— C'est impossible. Il faut savoir sacrifier ce qui

est gangrené, la vie des femmes ne se recommence pas ; si elles ont été flétries fussent aux premiers jours de leur jeunesse, elles le demeureront toujours.

— Et tu crois que c'est en faisant acte de lâcheté, qu'elles se rachètent ?

Voyons, Anita, si tu meurs, tu gardes la souillure des actes qui t'ont menée au désespoir, tu plonges dans la douleur celle qui t'as donné la vie et l'homme dont tu portes le nom. Tu dois vivre au contraire pour redevenir la femme que tu aurais dû être, la fille dévouée, l'épouse irréprochable... la mère ! En te sacrifiant au bonheur de ces deux êtres, — et de ceux que Dieu te confiera — tu rachèteras les fautes que ton imagination, ta jeunesse t'ont fait commettre, fautes déjà payées par ta douleur et ton remords.

— Oui, tu as raison, murmura la malheureuse, je sais que là serait le devoir, mais je ne me sens pas le courage de l'accepter. J'ai vécu d'affection, la pâture manque à mon cœur.

— Tu t'attacheras à l'être qui vit près de toi et qui, s'il a eu des torts, les a réparés et les a payés... d'un prix qu'il ne connaît pas. Fais votre intimité plus restreinte, évite les comparaisons, fuis Paris qui t'a perdue, va vivre là-bas, au berceau de ton enfance. Son père, le comte de Siamère, dans sa rancune, est demeuré à l'écart de votre vie ; si le père n'a pas su oublier la mésalliance du fils, le grand-père l'oubliera.

— Des enfants ! d'Octave ! je ne les aimerai pas.

— Alors, ma pauvre amie, dit tristement Thérèse, je vois qu'en effet la gangrène est profonde et que peu de chances me restent de te sauver... Et moi qui venais t'annoncer la nouvelle d'un bonheur qui paraît plus grand et plus doux que l'amour même : la maternité.

Anita releva sa tête endolorie, une lueur d'envie passa dans ses yeux.

— Ah! je comprends que tu aimes l'enfant de celui que tu adores!

Thérèse secoua la tête.

— Quand cette tête chère aura pris place à notre foyer, nous ne serons plus les amants que nous sommes demeurés; nous serons *son père* et *sa mère*; nous ne nous aimerons plus, nous l'aimerons.

Le sentiment maternel est plus fort que l'amour et vaut mieux que lui. Voilà le dieu en qui tu devais croire. Garde cette foi; tu n'es plus amante; sois mère!

Un grand silence suivit. Anita silencieuse paraissait encore écouter et songeait... Oh! l'horizon qui s'élevait là au fond d'elle-même : le jour pur qui remplaçait les ténèbres .. l'horrible douleur d'amour qui s'effaçait devant un sentiment si doux, si grand, qu'il l'envahissait toute...

— Oui, murmura-t-elle enfin vaincue, il me reste à vivre, car je n'ai pas connu de l'existence la vraie joie, le vrai bonheur, la vraie raison d'être : la Maternité!

Courbevoie. — Imp. E. Bernard et Cie, 14, rue de la Station.

[illegible]

Études de Paysages au Fusain

Reproductions en Fac-Simile

DE

Allongé, Lalanne, Appian, Smith

ALLONGÉ

N° 1. Une source près Avallon. — N° 2. La Seine à Melun. — N° 3. Ravin. — N° 4. Allée dans un parc. — N° 5. Effet de soleil sous bois. — N° 6. Route près Avallon. — N° 7. Route de Grosne. — N°s 8 et 9. Panneaux décoratifs. — N° 10. A Barbizon. — N° 11. En Bretagne. — N° 12. Pommiers et Sureaux en fleurs. — N° 13. Les Saules. — N° 14. La Ferme. — N° 15. Chaumière.

LALANNE

N° 1. Vue de Concarneau. — N° 2. Ruines. — N° 3. Pied de Tabac. — N° 4. La Tour. — N° 5. Le Pont. — N° 6. Effets de Neige.

APPIAN

N° 1. Bateaux au Port. — N° 2. Soir d'Automne. — N° 3. Lisière d'un bois. — N° 4. Route de Gênes. — N° 5. Mare aux Canards. — N° 6. Lac d'Arandou.

SMITH

10 Paysages et Vues diverses.

PRIX DE CHAQUE PLANCHE :

Grand format : 3 fr. — 1/2 format : 2 fr. — Petit format : 1 fr.

Courbevoie. — Imprimerie E. Bernard et Cie.

www.ingramcontent.com/pod-product-compliance
Ingram Content Group UK Ltd.
Pitfield, Milton Keynes, MK11 3LW, UK
UKHW031901260826
14628UKWH00002B/903

9 782019 959845